三河雑兵心得

馬廻役仁義

井原忠政

双葉文庫

目次

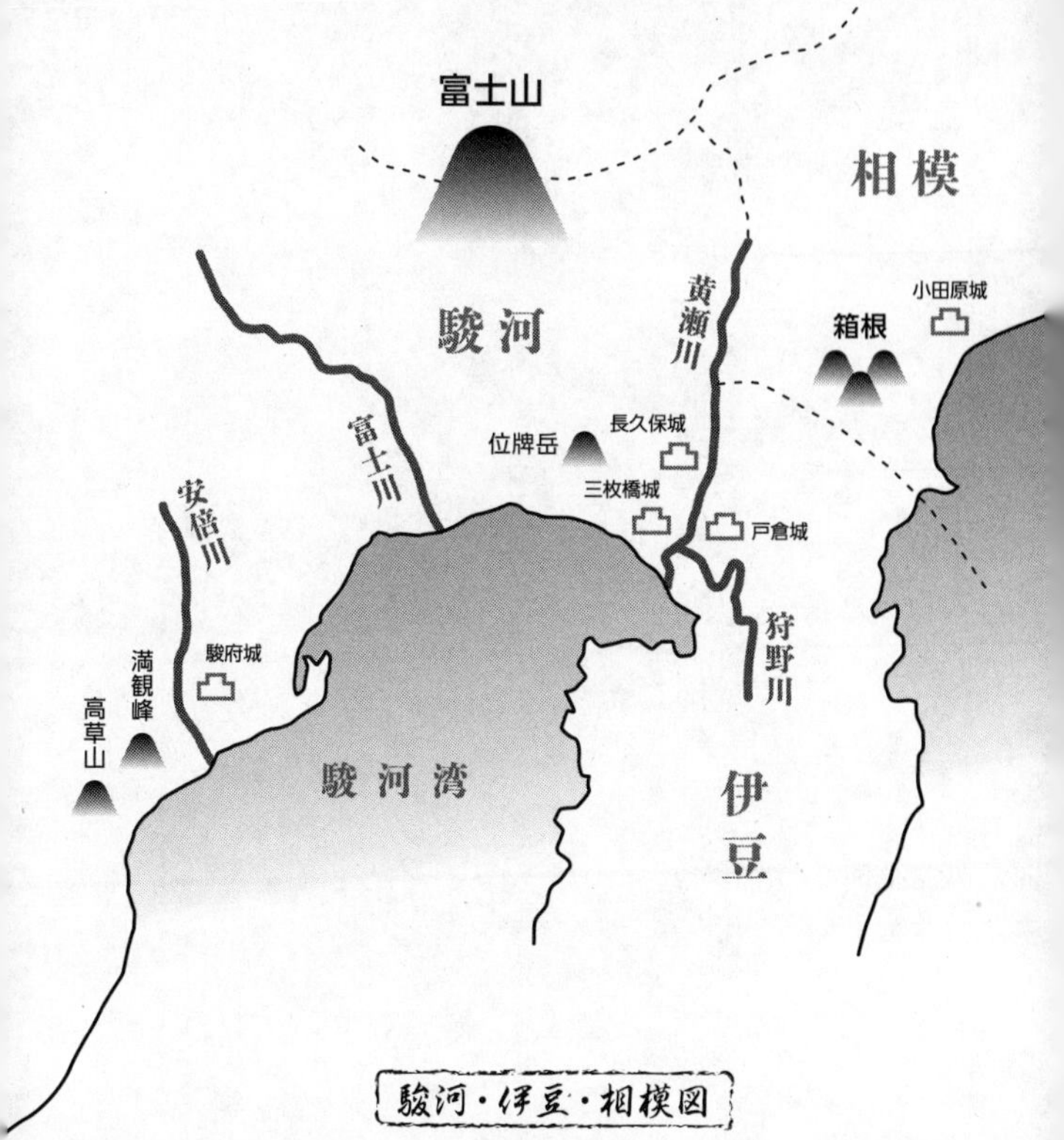

富士山
相模
黄瀬川
駿河
小田原城
箱根
富士川
長久保城
位牌岳
三枚橋城
安倍川
戸倉城
狩野川
駿府城
満観峰
高草山
駿河湾
伊豆

駿河・伊豆・相模図

三河雑兵心得　馬廻役仁義

序 章　残された人々

乙部八兵衛《おとべはちべえ》は愕然としていた。

三日前の天正《てんしょう》十三年（一五八五）閏《うるう》八月二日。信州《しんしゅう》は上田《うえだ》の地で、あの男が――鉄砲大将の植田茂兵衛《うえだもへえ》が討死したというのだ。

（殺しても死なん化け物かと思うとったが、やはり茂兵衛も人の子であったか。ナンマンダブだのう）

傷ついた配下を見捨てておけずに、無謀にも敵陣に取って返し、百名ほどの敵に囲まれ討ち取られたという。

（あの、たァけが）

乙部は心中で嘆息した。

（足軽の頃と思考がちっとも変わっておらん。足軽大将の死に方ではねェわ。ええ奴には相違ねェが、所詮《しょせん》は渥美《あつみ》の百姓よ……糞がッ）

と、口に頬張《ほおば》ったアケビの種を足元にプッと吹き捨てた。

「なんじゃこれ……ちっとも甘くねェわ」

この苛立ちの正体はなんだ？

茂兵衛の死に様が糞だったからなのか？　甘くないアケビが糞なのか？　自分でも判断がつかなかった。

信州は高地の所為《せい》か、アケビが甘く熟《う》れて実を割るのも早い。ただ、乙部が小諸《もろ》城内で今食っている果肉は、ちゃんと割れているのに何故か甘くない。というより味がしない。

「ほうですか？　手前には、大層甘く感じられまする」

もう十五年も一緒にいる従者の年寄りが、怪訝《けげん》そうに主人に振り向いた。

「同じ蔓《つる》から穫ったのだろ？」

「へい」

「どれ、貸してみい」

と、年寄りが食っていたアケビの味見をしてみた。

「本当だ。甘いなァ。こりゃ美味《うめ》ェわ」

「へい」

従者が嬉しそうに、顔を皺《しわ》クシャにして笑った。実を言えば、従者のアケビもほとんど味はしなかったのだ。明らかに自分の舌がおかしくなっている。付き合いが二十年にもなる植田茂兵衛の死に大きな衝撃を受け、味覚までが変容してしまったとすれば——そんな女々《めめ》しい感傷など、隠密には不要だし有害であろう。己が従者に心模様を見透かされるのがどうにも癪《しゃく》で、敢えて嘘をついた。

乙部と従者の目前を、五人の槍足軽の一隊が、中年の小頭《こがしら》に率いられ、本丸の方へと歩いて行く。小頭は頭に晒《さらし》を巻き、右腕を吊っていた。足軽たちもどこかしらに晒を巻いている。誰もが肩を落とし、トボトボと歩み去った。

（元々十人はおったのやも知れん。仲間が半分に減り、意気消沈しとるんだわ）

死んだのは茂兵衛ばかりではないのだ。

広く徳川《とくがわ》全体が、閏八月二日の大敗北に力を落としていた。三《み》方《かた》ヶ原《はら》の折とは違う。あのときは「なにせ向こうは信玄《しんげん》、相手が悪かった」と敵を持ち上げることで、己が不甲斐なさを誤魔化せたのだ。だが今回は、舐《な》めてかかっていた上田の小勢力から、完膚なきまでに叩きのめされた——言い訳の仕様がない。

（ま、ええ薬になるやろ。今まで勝ちっ放しで、徳川は少々調子をこいておった

からのう)

味のしないアケビを、さも美味《うま》そうにねぶりながら乙部が従僕に問いかけた。

「爺《じい》」

「へい」

「植田様の討死は確かなのか? 誰ぞが確《しっか》と見届けたのか?」

「へい、大勢の鉄砲衆がハッキリと見ております」

「あ、そう」

(奴が死んだら死んだで、ややこしい問題が噴出するぞ)

表向き、茂兵衛の子供は娘が一人きりだ。

名を綾乃《あやの》といい、現在四歳で可愛い盛りだ。ただ、女児に家督相続の権利はない。このままでは植田家が無継嗣改易ともなりかねない。しかし、実妹のタキとその亭主である辰蔵《たつぞう》が育てている松之助《まつのすけ》は、れっきとした茂兵衛の子なのだ。

(そこをどうするかだわな)

乙部にとって朋輩《ほうばい》と呼べる者は、天にも地にも茂兵衛ただ一人である。彼が血と汗で勝ち取った六百貫(約千二百石)もの領地と、故夏目次郎左衛門《なつめじろうざえもん》から直々に命名された「植田」という苗字を、なんとか存続させてやりたかった。

さらに、松之助の産みの母で、茂兵衛の想い人であった綾女《あやめ》は、現在駿河《するが》の江尻城《えじりじょう》にいる。彼女に茂兵衛の死をいかに伝えるかも難問だ。綾女は、隠密としても、貴人の侍女としても、乳母《うば》としても有能な女性だが、こと茂兵衛が絡むと、情緒が不安定になる。伝える段取りを慎重に考えねばなるまい。

（あれもこれも、俺が出張らにゃ話は前に進まんだろう。なにせ茂兵衛の弟は、三人が三人ともたァけだからのう）

茂兵衛の「たァけな弟」とは――妻の弟である松平善四郎《まつだいらぜんしろう》、妹婿である木戸《きど》辰蔵、それに実弟の植田丑松《うしまつ》の三名を指す。

（まず、実弟の丑松は正真正銘の阿呆やから論外としよう）

彼は、夜目遠目が利くという一点だけで、本多平八郎《ほんだへいはちろう》に仕えている。

（善四郎と辰蔵はそこまで阿呆ではねェが、茂兵衛への尊敬やら愛着やらが強過ぎて、ときに現実を見誤りがちや。俺の目から見れば、二人とも頼りねェ）

乙部は、取りあえず一番マシな奴の宿舎を訪ねてみようと思い立ち、座っていた大きな自然石から「よいしょ」とやや重い腰を持ち上げた。

「よお辰蔵殿……や、この度は驚いた。言葉もねェわ」

「ど、どうも……」

すっかり憔悴《しょうすい》しきった様子の木戸辰蔵が、乙部にペコリと頭を下げた。

「おまん、ちゃんと食っとるのか？　こんなときに、義弟《おとうと》がしゃんとせんでどうする？」

「はい」

俯《うつむ》いたまま返事をした。やはり元気がない。

「おまん、茂兵衛の最期を見たのか？」

「はい。果敢に敵の大将に迫りましたが、最後は馬も槍もなくし、素手で……素手で摑みかかって……」

声を詰まらせ、百戦錬磨の鉄砲隊寄騎が鼻と口を手で覆った。

「首級《くび》を獲られるのを見たか？」

「……首級って」

辰蔵は、しばらく乙部の顔を涙目で睨んでいたが、やがて口を開いた。

「首級を獲られるところまでは見ておりません。しかし、百人の敵に囲まれ、最後に打ち倒されたのは事実でございます」

徳川の鉄砲大将の首だ。大殊勲である。たとえ制止しても、誰かが切り取るだろう。

「それより乙部様、拙者にはどうしても納得のいかないことがございます」

辰蔵が涙を拭い、身を乗り出した。

茂兵衛が討死し、鉄砲大将が空席になって三日しか経たないというのに、上役である大久保忠世《おおくぼただよ》は、大久保家の郎党を茂兵衛の後釜に据えたというのだ。隠密として薄汚い世界に生きる乙部には、どうという話でもなかったが、辰蔵には「血の通わぬ、非情なる人事」に見えるらしい。

「まるで、待ってましたとばかりに、新任のお頭《かしら》が決まりましてね」

と、溜息をつき、肩を落とした。

「鉄砲大将は重職だら。空席にしとくわけにもいくめェよ。それに今回の負け戦《いくさ》だ……一刻も早《はよ》う態勢を立て直さねばと、奉行衆も必死なのだろうさ」

「そりゃそうだけど……」

広大な徳川領の各地に、奉行や代官として赴任した侍大将たちは、寄騎たちを少しずつ私兵化し始めている。自分の親族や郎党、息のかかった者を重要な地位につけることで、己が支配地の実権を握ろうと躍起《やっき》になっていた。極言すれば、広大な徳川領内に、小大名か地方政権のようなものが、林立し始めている状況なのだ。

「ま、そういうもんだがや。七郎右衛門《しちろうえもん》（忠世）様だけのことではねェわ。おまん、下手に拗《こじ》らせて、仲間や上役を恨んだりするなよ。そんなこと、泉下《せんか》の茂兵衛はちっとも望んでおらんぞ」

「はい……」

辰蔵が不承不承に頷いた。

二人の話題は、植田家の跡目問題に移った。この件についての辰蔵の返答は、意外なものだった。

「拙者には判断ができかねまする。ここは乙部様に全てお任せ致したく思います。拙者は、お考えに従いますので」

「はあ？」

辰蔵から「全てお任せする」と意外な言葉をかけられ、乙部は瞠目した。

辰蔵が判断を拒んだ理由は、主に二つだった。

まず、辰蔵とタキの夫婦が、松之助を実の息子として長く養育してきた経緯がある。三歳になって可愛い盛りの「我が子」と、今さら離れたくはないのが人情だろう。ま、そこは分かる。

次には、義兄の名誉の問題がある。

事実として茂兵衛は、隠し女に産ませた子を、妹夫婦に預け、育てさせていたのだ。真面目で家族想いな彼の印象からはかけ離れた行為である。茂兵衛は、足軽から鉄砲大将にまで昇った立志伝中の人物だ。彼の名誉を汚す醜聞となりはしないか。それに残された妻の寿美《すみ》はどう感じるか、辰蔵は答えを出せないという。

「負け戦の殿軍《しんがり》を務めた物頭《ものがしら》が、果敢に敵の大将に挑み、討ち取られた」

辰蔵は、涙を拭いながらボソボソと語った。

「ね、乙部様……これは、言わば名誉の討死にございましょう？」

「そら、そうだわ」

その武勲に免じて、義弟である松平善四郎の子息を、寿美の養子とすることで、植田家を存続させることが可能ではないのか——辰蔵は、徳川家の中枢にも通じている乙部に、暗に協力を求めていた。

「つまり、松之助のことは伏せておきたい。それがおまんの、偽らざる気持ちなのだな？」

「そりゃ、植田家が改易となるようなら、もちろん松之助を差し出しまするが

「……できれば、御内密にして頂きたいなと」

長年の友を失《な》くし、やつれ果てた男が深く頭を下げた。

「ま、ええわ」

辰蔵の育ての親としての気持ちも分からんではないし、死んだ朋輩の名誉も守ってやりたい。

「おまんの言う通り、黙っておった方がええのかも知れん。まずは松平善四郎様のご子息を、植田家の養子に迎えられんか、その線で動いてみるわ」

善四郎は子沢山で、元気な男子が五人もいる。御一門衆の大草《おおくさ》松平家当主として一定の支持と身分がある。さらには、最後は仲違いしていたが、本来、茂兵衛とは肝胆相照らす仲の本多平八郎も必ず応援してくれるはずだ。

「辰蔵殿、元気を出されよ。きっと、なんとか上手くいくさ」

と、乙部は肩にソッと手を置き、俯く辰蔵の耳元で囁《ささや》いた。

第一章　俘虜《ふりょ》記

一

　ところがどっこい――茂兵衛は生きていた。

　今は、真田源三郎《さなだげんざぶろう》が城番を務める戸石城《といしじょう》の土牢に囚われている。

　脇腹に銃弾を受けた鉄砲隊寄騎の花井庄右衛門《はないしょうえもん》、最後まで主人に付き従った三人の従者――清水富士之介《しみずふじのすけ》と依田伍助《よだごすけ》、仁吉《じんきち》の計五人で、十畳間ほどの牢内に閉じ込められていた。勿論、武装は解除されて脇差すら佩《お》びていない。甲冑《かっちゅう》は剝《は》ぎ取られ、直垂《ひたたれ》や下衣《したころも》姿だが、これといった暴行や迫害を受けるでもなく、静かに暮らせている。

「痛むか？」

「いえ、動かなければ痛みません」

横たわった花井が弱々しい声で答えた。

花井の傷は腹である。弾は正面左腹から入って腰に抜けていた。やがて出血も止まったところを見れば、血の管《くだ》や腸《はらわた》は無事だったようだ。鉛弾が砕けて飛散しなかったことを含め、極めて運がよかった。酷く膿《う》みさえしなければ、命は助かるかも知れない。

茂兵衛も右腕と左太腿を槍で刺し貫かれたが、幸い太い血の管を切った様子はない。

（なに、槍の傷は深いが、存外治りは早いものよ）

と、茂兵衛は楽観していた。もし相手が心得のある槍武者なら、刺した直後にグイッと捻ることで傷を広げてくる。その手の傷は治りが悪く厄介なものだ。ただ、茂兵衛を刺した武者は、そうしなかった。馬を投げ飛ばし、槍で突かれても突進する徳川の足軽大将の気迫に気圧《けお》され、心得を忘れたのかも知れない。お陰で、よく傷を洗い、晒《さらし》できつく巻き固めただけで随分と楽になった。今は右腕と左脚が腫《は》れて痺れて動かし難《にく》いが、この程度の傷は幾度も経験している。数日で腫れも痺れも和らぐはずだ。傷が塞がれば、後は動かしながら治していく。今までそうやって、戦《いくさ》続きの日常を過ごしてきたのだ。

（俺は運がよかった）

茂兵衛は、直垂の胸元にソッと触れた。薄い木札の感触が指先に伝わった。神主の娘だった於義丸《おぎまる》の母が、大坂《おおさか》に人質として赴く我が子を「守って欲しい」と護衛隊を率いる茂兵衛にくれた矢弾避けの神符である。

（御利益があったのかなァ。有難《ありが》てェこったァ）

と、幸運を神仏に感謝した。

ただその代わりに、茂兵衛の従僕二人が悲運に見舞われた。乱戦の中、敵弾に当たり命を落としたのだ。故郷の植田村から茂兵衛を頼って浜松《はままつ》に出てきた気のいい若者たちだった。

さらには、愛馬雷《いかずち》を失った。長くともに戦った戦友だ。神川《かんがわ》の戦場でも逃げ去ることなく、彼は硝煙の中に佇んでいた。茂兵衛が呼ぶと、こちらへ向かって歩き始めたが、そのとき敵の銃弾が雷の背骨を打ち砕いた。

（全部、俺の所為《せい》だわ）

茂兵衛は同郷の二人の若者と愛馬の霊魂に心中で手を合わせた。鞍上《あんじょう》の茂兵衛が、負傷した花井を救うべく走り出したとき、富士之介と伍助、三人の従僕は、迷わず後を追ったのだ。茂兵衛からは「退け」と命じられていたが、まさか主人を一人戦場に放置して、自分らだけ逃げ帰るわけにもいかなかったのだろう。

(俺の身を案じて、皆ついてきてくれた。その結果がこの有様よォ……なんとも、申しわけねェこったァ)

戦場での仲間や下僚の死は、武士の日常だ。なぜあの時、無分別に引き返したりしたのだろうか。二人の若者と愛馬が、命を落とさねばならぬほどの価値があったのだろうか。鉄砲隊の指揮を放棄してまで、馬を返す意義があったのだろうか。茂兵衛は今まで数多《あまた》の配下を死なせてきたが、心の中で手は合わせても、一々助けに戻ることまではしなかったはずだ。

(花井だけをなぜ、俺ァ特別扱いしたのかなァ)

そこのところが、自分でも腑に落ちない。土牢の中で座っているだけの日々だから、時間は有り余るほどにある。茂兵衛は不可解な己が行動について、自問自答を繰り返していた。

「お頭《かしら》、なにか?」

急に、横たわる花井が茂兵衛に質《ただ》した。

「え？」

不意に呼びかけられて驚いたが、花井のことを上から睨みつけていたらしい。

「や、なんでもねェ。考えごとをしていただけだわ」

と、慌てて取り繕った。

（ほうだら。この花井は、平八郎様からの預かり物だがや。討死させると平八郎様への義理が立たねェ。怒られるのが怖《こえ》ェ。だから俺ァ、あんなに無理してまで助けに戻ったんだら）

まずそう考えたのだが——正味な話、それはない。

いくら平八郎が癇癪《かんしゃく》もちで、現在、茂兵衛と冷戦中とはいえ、「危地に取って返してもワシの預けた配下を救え」と、そこまでの無茶は言うまい。戦場で見せる狂気とは別に、最低限の常識や良識はしっかり弁《わきま》えているお方だ。

（ならば俺ァ……どうして、花井を？）

花井は、母から贈られた派手な甲冑に拘《こだわ》り、着用し続けた。茂兵衛は幾度も「戦場で目立つと矢弾の的になるから地味な甲冑に替えろ」と意見したものだ。それでも彼は色々威《いろいろおどし》の甲冑に拘り、結果として敵の鉄砲に狙われた。言わば自業自得である。わざわざ茂兵衛が助けに戻る動機は、どこにも見いだせない。

（あえて理由をこじつければよォ）

茂兵衛は土牢の天井を仰ぎ見た。土面に大きな守宮《やもり》が這《は》っている。薄暗い中で見ると片仮名の「キ」の字にも見える。

（それはつまり、花井が阿呆だからかも知れねェなァ）

阿呆だから助けた——一見、妙な理屈のようだが、こと茂兵衛の場合、一応の筋は通っている。

茂兵衛の実弟である植田丑松は「夜目、遠目が滅法利く」という以外に取柄はない。酷い言葉で言えば、薄馬鹿である。故郷の植田村でも「のろ丑」「馬鹿松」などと蔑まれ、虐《いじ》められていた。今でこそ本多平八郎の家来として髭《ひげ》を蓄《たくわ》え「拙者」なんぞと偉そうにしているが、茂兵衛は童《わらわ》の頃から、随分と弟を庇ってきたものだ。現に、植田村にいられなくなったのも、丑松を虐めた悪童を薪《まき》で殴り殺したことが原因であった。

（駄目な奴を庇うってのが、ガキの頃からの「習い性」になっとるのやも知れん。たァけた話ではねェか。本物の馬鹿は丑松や花井ではなく、この俺自身だわ）

無意識のうちに、阿呆の花井と薄馬鹿の丑松が重なって見えた結果、あの時、雷の鐙《あぶみ》を蹴ってしまった。その辺りが一番真相に近いのかも——

「殿……殿ッ」

「あ？　え？」

富士之介の声で、我に返った。郎党が促す先を見れば、来客のようだ。格子柵の向こうに、懐かしい顔があった。

「茂兵衛殿、お加減は如何ですか？」

真田安房守昌幸《あわのかみまさゆき》の嫡男《ちゃくなん》、真田源三郎信之《のぶゆき》である。

土牢に入れられて三日ほど経ったが、彼が顔を見せたのはこれが初めてのことだ。敵とはいえ相手は真田の嫡男である。端座して平伏せねばならぬところだが、左足が曲がらない。無理に曲げれば、傷が開くだろう。不体裁な格好で平伏の真似をし、頭だけを深く下げた。

「お陰を持ちまして、それがしも、配下の者どもも、大分よくなりましてございまする」

視線を地面に落としたまま礼を述べた。

「当家にも軍法がござる。徳川と真田は戦《いくさ》の最中ということで、他ならぬ茂兵衛殿でも牢から出すわけには参らぬが、せめて水と食べ物はきちんと出しますゆえ、しばらくの間は御辛抱頂きたい」

「お心遣い、痛み入りまする」

「如何でしょう。長く乱世を歩まれた茂兵衛殿に、天が与えてくれた休息と思いなし、土牢の中ではござるが、骨休めをなさいませ」

三日前の戦場で、茂兵衛は源三郎を殺そうと迫ったのだ。乗馬の鼻に手が届くところまで肉迫した。唐冠《とうかん》の兜《かぶと》の下、面頬《めんぼお》の奥の澄んだ両眼が恐怖に怯えていたのを今も忘れない。その狂暴な敵を、彼は殺さず、今もこうして礼を尽くしてくれている。源三郎の寛容さ、情け深さに、心中で手を合わせた。

「ところで、貴公の甲冑だが……残念なことに、あれはお返しできません」

「や、それがしは敗者。鹵獲《ろかく》は戦場の倣《なら》いにござる。どうぞお気兼ねなく」

首を獲られなかっただけでも僥倖《ぎょうこう》だったのだ。武具が、敵方の分捕《ぶんど》り品《ひん》となるのは仕方がない。

「それが、妙な具合になり申してな」

と、源三郎が苦く笑った。

「茂兵衛殿の鬼神の如き突進ぶりに、我が馬廻《うままわり》共が驚嘆しましてな。貴公の武勇にあやかりたいと、拙者は袖、ワシは草摺《くさずり》、俺は籠手《こて》と、それぞればらして持って帰り魔除けとする由にござる、ハハハ」

「な、なんと」

――そういうことか。

富士之介によれば、己が馬の直前で力尽き、打ち倒された茂兵衛を指し、源三郎は「これほどの勇者、首を獲らずに生かしてはどうか」と提案したらしいが、誰も反対しなかったという。

ただ、それを家来たちから聞いただけで、当の茂兵衛には馬を投げ飛ばした記憶はなかった。神川でのことは、所々記憶が飛んでいるのだ。

(馬を投げた？　本当かな？)

と、内心では疑惑を抱いている。大体、馬の重さは百貫（三百七十五キロ）以上もある。

(そんなもの、なんぼ俺でも投げ飛ばせるかいな。なにかの間違いか、馬の方で勝手に転んだんだら)

ま、火事場の馬鹿力という言葉もなくはないが。

「それから……これ」

源三郎が格子の隙間から差し入れた手には、小袋が握られていた。忘れもしない、妻が縫ってくれた熊胆《ゆうたん》を入れる錦の小袋だ。

「草摺の金隠しの裏に、貼り付けてあった由にござる」

「これを、お戻し頂けるので？」

「熊胆の薬効の凄さは、拙者も身をもって存じてござる。今の貴公ら主従には、最も必要な品なのでは？」

澄んだ目の若者が、莞爾《かんじ》と微笑《ほほえ》んだ。

茂兵衛は、具足の草摺の裏側に小物入れを設《しつら》えていたのだ。そこに熊胆と粒金を幾粒か忍ばせておくのを、出陣時の心得としていた。粒金が戻って来なかったのは仕方ない。同じ目方なら金と同額の値がつく熊胆が戻ってきただけでもめっけものだ。

「あ、有難うございまする」

と、押し頂いて受け取った。これさえあれば、百人力である。

その日以来、重傷の花井は日に三度、茂兵衛と富士之介、伍助と仁吉は日に一度ずつ、爪で胡麻《ごま》粒大に割った熊胆を、水に溶かして服用することにした。

「わあ、苦いなァ」

確かに苦いものだが、体に効いている場合、意外に飲める。これだけ苦くても、不快感が少ないから不思議だ。熊胆が、鉄砲傷や槍傷に直接効くということもないのだろうが、体力がつけば、傷の治りが早いのは自明である。

「黙って飲め。飲めば必ず効く。治る」

そう言って、せっせと花井や郎党に飲ませ、自分も飲んだ。

季節はまだ、晩夏か秋の初めの頃だ。暑い日はかなり蒸すから、涼しい土牢暮らしも、さほどに辛くはない。ただ、信濃《しなの》は標高が高い北国で、これからうんと寒くなる。「なんとしても、冬がくるまでにこの城を落としてもらわねば、凍え死ぬがね」と皆で囁《ささや》き合った。

二

小諸《こもろ》城内の徳川勢の自信喪失は、相変わらずだったが、それでも好転の兆しも見え始めていた。浜松から井伊直政《いいなおまさ》に率いられた赤備えの兵三千が来援し、対真田の戦線に加わったのだ。

井伊の手勢の多くは武田《たけだ》家の残党である。元武田衆から見れば、征服地たる信濃の真田などは、とるに足らない存在だ。元々昌幸は、人質として甲府《こうふ》に送られてきた哀れな童だったのだ。よって井伊勢には、真田を恐れる気持ちが薄い。

それに、昌幸の発想や奇手奇策は、やはりどこかで武田信玄の影響を受けている。信玄の戦略戦術が血肉となっている元武田衆相手と聞いて、さしもの表裏《ひょうり》比興《ひきょう》之者も「やり難いわい」と顔を顰《しか》めているはずだ。

かくて、佐久《さく》から上田《うえだ》にかけての戦線は拮抗し、膠着状態となった。

双方腰を据えての長期戦となれば、彼我の実力差が物を言い始める。昌幸は、早急に対策を講じねばならなかった。

天正《てんしょう》十三年（一五八五）閏《うるう》八月二十四日。真田昌幸は、上杉景勝《うえすぎかげかつ》を通じて秀吉《ひでよし》に接近し、臣従した。表裏比興之者の面目躍如《めんもくやくじょ》である。

閏八月中は小諸城に留まり、信濃諸侯の動静を探ろうと目論んでいた乙部八兵衛だが、中旬になって急遽、浜松へと呼び戻された。

閏八月下旬、久しぶりに浜松城に帰還した乙部は、まず茂兵衛の留守屋敷に寿美を訪ねた。すでに茂兵衛の死からひと月近くが経っている。寿美も戦国の女だ。少しは落ち着いて、夫の死を受け入れていることだろう。

木戸辰蔵の妻で、茂兵衛の実妹にあたるタキが終始寿美に付き添い、義姉の愚《ぐ》痴《ち》を聞いたり、茂兵衛の忘れ形見でもある綾乃の世話をやいたりしている。

「なんの私は、戦場で亭主殿を亡くすのはこれが三度目にございますので」

寿美は口元に笑みさえ浮かべ、落ち着いた様子で乙部に挨拶した。

「もう、慣れました故、全然平気にござい……ましゅ……るぅ、アアアア」

と、身も世もなく泣き崩れた。駄目だ。全然平気ではない。

「母上……」

叔母の膝に抱かれていた綾乃が、母を案じて寿美の膝へとすがりついた。

「綾乃、もう私には其方《そなた》しかおらぬ」

愛娘を抱きしめて号泣する寡婦。

「うェ……」

ここで幼い綾乃の表情が崩れ、大きく円《つぶ》らな両眼から大量の涙が溢れ出した。

今年四歳の童女には、まだ父親の死の意味は分かっていない。ただ、母親が大層悲しんでいるので、自分も悲しくなってきた——つまり、そういうことだろう。

「薄情な父様《ととさま》は、其方と私を残して死んでしまわれたアアアア」

「ああ～ん、ええ～ん」

正に愁嘆場《しゅうたんば》、嘆《なげ》きの母娘は手に負えない。

「乙部様、兄の最期を御覧になられたのですか？」

目を赤く泣き腫らしたタキが気丈に、しかし震える声で質した。

「又聞きにはござるが……聞きしに勝る見事なお最期だったと伺っております」

「見事なお最期？」

タキは、乙部を正面から見据えた。

「たとえ卑怯な振る舞いがあっても、無事に生きて戻って欲しいのが、家で待つ女どもの本音にございまする」

「なるほど。それはそれでよく分かり申す」

乙部は隠密だ。武辺専一の槍武者とは違う。配下には女隠密も幾人かおり、タキの言い分も理解できた。

「神も仏もないものかァアアアアア」

「あ～ん、あ～ん」

母娘が抱き合い泣き崩れた。

植田屋敷の門を出たところで、乙部は「ふう」と重い溜息を漏らした。愁嘆場は苦手だ。女の嘆きと涙に乙部は弱かった。

（兎《と》にも角《かく》にも、仕事をせねばな。さ、仕事だ仕事……仕事しよう）

乙部は家康に会う前に、旧知の仲である本多正信《まさのぶ》と面会した。

四十代後半の小柄で物静かな男である。外見的にも性格的にも地味で、よく日に焼けてはいるが、その他に特徴というほどのものはない。目立たない印象の人物だ。通称は弥八郎《やはちろう》。

「安房守の奴、今度は秀吉めにつきおったか……御し難いのう」

正信が眉を顰《ひそ》め、声を落とした。その声は低く落ち着いており、話しぶりに知能の高さが感じられる。

「左様。我らが困ること、嫌うことを、先手、先手と打ってきよりまする」

乙部が頷きながら、正信に返答した。

「まるで他人が当惑するのを見て楽しんでおるようにござる」

「あれで、信玄公の生前には、生真面目な能吏で通しておったらしいのう」

「ハハハ、状況に応じ、如何様にも生き様を変えられるとは、羨《うらや》ましい性分にございまするなァ」

正信は二十二年前の三河《みかわ》一向一揆以来、表向きには徳川から出奔した態をとっていた。しかしその実、大久保忠世の後援で隠密となり、各地を歩き、広範囲な情報を忠世を通じて家康にもたらしていたのだ。今まで徳川の隠密同士ということで、正信と乙部は幾度も協力し合ってきた。

「植田茂兵衛が討死したらしいのう」

「お聞き及びでしたか」

「奴の死を喜ぶ輩《やから》も、この浜松にはおるでのう。噂はたんと流れてきよるわ」

「なんと」

茂兵衛の死を喜ぶのは、彼を嫌悪する名門出身者たちだろう。百姓に生まれ、かつ有能だったことが、そこまで憎いか。さしもの乙部も呆れ果てた。

「殿には、ワシの口から伝えた。殿様、茂兵衛に死なれて落胆しておられたわ」

「ほう」

「こんなことなら、早うに馬廻衆にしとけばよかったと……ポツリとな」

会話はここで途切れた。

（よい潮だ。茂兵衛の話はここまでとしよう。あまりに茂兵衛、茂兵衛ゆうのも妙だ。殿様が茂兵衛の死を悼んでおられた……それだけ知れば、十分だがね）

「それにしましても弥八郎様、殿の相談役とは事実上の軍師にござろう。まずは大層な御出世、おめでとうございまする」

「たァけ、からかうな。あんな物乞い同然の隠密稼業に比べれば、どんなお役目も大出世よ」

「ハハハ、なるほど」

今まで家康の参謀役は、筆頭家老の酒井忠次《さかいただつぐ》が務めていた。しかし、彼も今年で五十九歳になり、最近は目を悪くして、あまり元気がない。さらに、居城である吉田《よしだ》と浜松とは直線距離で十里（約四十キロ）も離れており、度々往復するのはちと辛い。

そこで大久保忠世の推挙により、本多正信を正式に帰参させ、酒井の後釜として家康の相談役に据えることとなったのだ。

（殿様の相談役か……）

乙部は内心で迷っていた。

植田家の跡継ぎ問題は難しい。下手をすると無継嗣改易の憂き目に遭う。寿美と綾乃が路頭に迷うことになる。ここは政治力のある大物の後ろ盾が欲しかった。今後、本多正信は家康の最側近となる。彼に応援してもらうべきだろうか、それとも王道で本多平八郎を頼るべきか、乙部は決めかねていた。

（ま、二股かけるわけにもいかん。どちらを頼るか……ワシと弥八郎様は隠密稼業の同僚、言わば同じ穴の狢《むじな》よ。話し易いことは確かだが、まだ弥八郎様は帰参して間もない。如何ほどの政治力を持ってるのか疑問だわな。その点、平八郎様なら影響力は絶大だ。植田家や大草松平家との縁も深い。しかし、こちらはワシとの相性が悪い。先方様はワシを忌み嫌っておられようし、ワシの方も苦手といえば苦手だわ）

本多弥八郎と本多平八郎——ほんの一文字違いだが、およそ正反対の人柄だ。どちらを頼るにせよ、一長一短がある。

乙部は、とりあえず様子を見ることにした。迷ったときは立ち止まる。あるいは引き返す。十年近い隠密生活で身につけた処世術だ。

（「迷ったら即行動」といきる向きもなくはねェが、少なくとも隠密の世では、立ち止まって考えるのが得策だわな）

ひょっとして正信にも、平八郎にも頼らずに済む可能性すらある。直接家康に請願するのだ。最前の正信の言葉からでも明らかだ。家康は（どこがいいのか）植田茂兵衛を大層気に入っていた。ぞんざいに扱うのは、出自が卑しいと茂兵衛を嫌う名門側近衆への配慮に外ならない。

（茂兵衛が殿様から好かれていたのは、ほぼ間違いねェ。ならば……）

徳川家の親族である大草松平の男子を養子に据えることで、植田家を存続させるという案に、存外家康は乗ってくれるやも知れない。たかが足軽大将の跡目問題に「ワシを駆り出すな」と叱られるかも知れないが。

（ま、ここは今少し様子見《ようすみ》といこうかい。大体が……）

「こら八兵衛、聞いとるのか？」

「勿論にござる。今後大坂方は、強気に出て参るであろうとのお話でござった」

「そこよ」

正信が言葉を引き継いだ。

「今般の真田の寝返りは『信州《しんしゅう》、沼田の六万五千石が大坂側に行った』で済む話ではねェ」

信濃国《しなののくに》は、信玄の時代以前から小国分立の錯綜した政治状況が続いてきた。

「小領主たちは、武田、上杉、北条《ほうじょう》、徳川ら強大国の狭間で、日和見《ひよりみ》に徹し、義を忘れて利に走り、しぶとく生き抜いてきた古狸《ふるだぬき》たちだがね」

さらに真田昌幸は、小領主たちの纏《まと》め役、兄貴分の立ち位置を占めてきた。兄貴が秀吉に転べば、弟たちは雪崩《なだれ》を打って大坂方に走りかねない。

「秀吉はあの通りの男だら」

正信が声を潜めて言った。

「満面の笑みで両腕を広げ、信濃国衆《くにしゅう》たちを受け入れようよ。そこが秀吉の食えねェところさ」

「なるほど」

「これが信長《のぶなが》であれば、機を見て下手に寝返ると『見苦しい』やら『武士にあるまじき振る舞い』と癇癪を起こされ、首を刎《は》ねられかねねェ。まかり間違うと一族郎党、磔《はりつけ》にされ焼き殺される」

だから、敵側は最後まで必死に抵抗し、織田《おだ》方の損害も大きかったのだ。前線の司令官として、長年それを見てきた秀吉は、自分が信長にとって代わったとき、旧主の轍《てつ》を踏むことはなかった。

「象徴的な例があるがね」

今年の八月に秀吉は越中《えっちゅう》の佐々成政《さっさなりまさ》を攻めた。しかし、降伏した成政の首を刎ねなかったばかりか、食い扶持を与え暮らしを立ててやったのだ。

佐々と言えば織田家譜代の家臣で、小者上がりの秀吉を「猿」と毛嫌いした代表格である。そんな佐々でも「降伏さえすれば秀吉は許す」との世評が今や広がりつつある。

「ならば」

乙部が正信に念を押した。

「我ら徳川は一刻も早《はよ》う、信濃の国衆たちが離反する前に、大坂方と誼《よしみ》を結ぶべきでしょうな」

家康と秀吉が手を結んでしまえば、信濃の国衆たちが寝返る相手がいなくなる。

「一応は和睦している両家、少なくとも采地安堵……現在の五ヶ国の領有は認められましょう」

「難しいところだな」

正信は、首を縦には振らなかった。

確かに当面は、乙部が予見する通りになるだろう。家康は秀吉の帷幕《いばく》に入り、五ヶ国の太守として遇されるはずだ。

「ただ、完全に天下を抑えた後は、秀吉にとって政権の維持こそが最大の命題となる。その場合、五ヶ国百数十万石の徳川家は少々デカ過ぎる。秀吉の政権維持にとって、目障りな存在となるのではねェか？」

秀吉は領地の半減か、さもなくば滅亡かを家康に迫ってくるだろう。その折、天下の趨勢《すうせい》はすでに定まっている。誰も文句は言えない。言わない。

「羽柴《はしば》家以外の大名は、大きくても五十万石前後に抑える。その分限なら、謀反《むほん》など起こせんからな」

「元の三河、遠江《とおとうみ》に押し込められるということにござるか？」

三河で凡《おおよ》そ二十九万石、遠江が大体二十五万石だ。合わせて五十四万石──正信の見積もりとピタリと符合する。

「秀吉のことだ。徳川が返納した駿河《するが》、甲斐《かい》、信濃を、気前よく諸将に分け与えるだろうさ。徳川以外の誰もがホクホクよ」

「まさか、そこまで阿漕《あこぎ》な」

「阿漕だとは思うが、まさかとは思わんな。八兵衛よ。おまんが秀吉なら、そうはしねェか？」

ズイと身を乗り出し、厳しく睨まれた。

「ま、確かに、しますわな」

乙部も、現実を認めざるを得ない。

「ただ、どう致します。秀吉の天下はほぼ動かねェ。我らとしては、下を向いて五十万石を受け入れるしか、打つ手がねェでしょう？」

「ねェと言えばねェが、あると言えばあるのよ。ただ少々厳しい選択でな……」

と、知恵者が俯《うつむ》き深い溜息をもらした。

三

果たして、九月に入ると早々に秀吉が動いた。

徳川に対し、於義丸改め秀康《ひでやす》とは別の「新たな人質」を大坂へ送るよう要求してきたのだ。

「乙部八兵衛、入りまする」

「おう」

舞良戸《まいらど》の外から声をかけると、鷹揚《おうよう》な低い声が入室を許した。この声は正信だ。家康に呼ばれて来たつもりだったが、自分を呼んだのは正信らしい。

家康の居室には小姓さえいなかった。次席家老の石川数正《いしかわかずまさ》と本多正信、それに家康の三人きりだ。乙部は主人の前に進み、褥《しとね》に腰を下ろすと、慇懃《いんぎん》に平伏した。座の雰囲気が実に悪い。空気が重い。特に家康は、まるで苦虫でも嚙《か》み潰したような顰め面《つら》で爪を嚙んでいる。

「八兵衛……おまん、人質の件は聞き及んでおるな?」

正信が質した。

「いささかは」

「人質の『おかわり』とはまた……異例じゃ」

石川数正がぼやいた。

「要は『喧嘩を売っておる』ということにございましょう」

正信が呟《つぶや》いた。

「我らが新たな人質の要求を撥ねつければ、秀吉は嬉々として軍勢を差し向けて参りましょう」

「三河討伐の大義名分が立つからのう。殿、悔しい限りにはございまするが、やはりここは新たな人質を差し出すしかございますまいよ」

石川が呟いて家康を窺った。

「無駄だろうなァ」

家康が小声で呟いた。

「一つ譲れば、また別の難癖を付けて参るであろうよ。際限がねェ……で、大坂の様子はどうなのだ?」

家康が爪を嚙みながら、扇子の先で八兵衛を指した。

「はッ。先月来、秀吉は、傘下の大名衆に宛て、盛んに手紙を送りつけておりまする」

乙部は、両の拳を床に突き、前屈みになったまま、顔を上げずに答えた。

「如何なる手紙か？」

「内容までは窺い知れませぬが……その手紙を受け取った大名衆は例外なく、そそくさと戦支度を始めておる由にございまする」

「秀吉め、やる気ですな」

石川が月代《さかやき》の辺りを撫でた。

この時期、秀吉の版図は六百万石を超える。一万石当たりの動員兵力を二百五十人で換算すると、総兵力は十五万人。対する徳川は、五ヶ国の合計で百四十四万石。総兵力は三万六千ほどだ。さらに、小牧長久手戦《こまきながくてのいくさ》の折、秀吉包囲網を形成した大名たちはもうほとんど残っていない。この三月には、紀州《きしゅう》の雑賀《さいか》と根《ね》来《ごろ》が討伐され、七月には四国《しこく》の長宗我部元親《ちょうそかべもとちか》が、八月には越中の佐々成政が秀吉に降伏した。ともに戦った織田信雄《のぶかつ》は、秀吉に臣従して久しいし、信濃の上杉景勝は、今や秀吉の命ずるままに動く。

「情勢は小牧長久手の頃とは大きく変わっとるのよ。秀吉の政治的、軍事的基盤は断然強化充実されとる」

忌々しげに家康が呟くと、石川がそれに応じて言葉を継いだ。

「十万人の上方勢が攻め込んで参れば、武田の二の舞にもなりかねませぬな」

勝頼《かつより》は、最後の最後になって、信長との和睦を模索した。手紙を書いたり、人質を返したりして機嫌をとったが、信長は許さず、甲斐を蹂躙《じゅうりん》し武田を殲滅《せんめつ》した。秀吉は信長ほどに苛烈な仕置きはしないだろうが、それにしても家康は頭を下げる機を逸してはならない。

「八兵衛、おおよそで構わぬ。秀吉めはいつ攻めてくる?」

溜息混じりに家康が訊いた。

「早ければ来年正月にも」

「ひい、ふう、みい」

家康は指を折って数えた。

「三月《みつき》か、猶予はねェかも……ん? お?」

家康は続く言葉を呑みこみ、黙って天井を見上げた。部屋全体がゆっくりと揺れている。

「おお、地震にございまするなァ」

石川が、やはり天井を見上げながら不安げに呟いた。ここで揺れは収まった。

「最近よう揺れるが、大きいのが来ねばええがのう」

「そういえば……天正十年（一五八二）には、浅間山《あさまやま》が火を噴きましたなァ」

正信が、知恵者には珍しく余計なことを言った。

天正十年——武田滅亡の年だ。浅間山は大噴火を起こし、武田の版図である甲《こう》信《しん》地方に大打撃を与えた。

「たァけ。縁起でもねェことを申すな。勝頼は勝頼、ワシはワシだがね！」

と、家康が睨みつけ、正信は平伏した。

（殿様も御苦労なことよ）

下座の乙部は家康の心中を慮《おもんぱか》り、同情を寄せた。

（家康公の御本心は、秀吉との和睦だ。ここは間違いねェ。ただ困ったことに、浜松城内は秀吉の実力を軽う見る傾向が強いわな）

「ただ……」

石川が声を潜めた。

「この夏の上田城攻めが、ある意味『よい薬』となったのではありますまいか」

家康が、やはり声を潜めて顔を寄せた。

「真田相手に手酷くやられ、平八や小平太《こへいた》の増上慢《ぞうじょうまん》が、多少は謙虚に……」

「け、謙虚⁉」

「謙虚ですと⁉」

期せずして家康と正信が同時に声を上げ、乙部は噴き出しそうになった。

「伯耆《ほうき》、おまんは、たァけの恐ろしさを知らん。戦に大負けして増上慢が治まるのもせいぜい三日よ。四日目の朝には、すっかり忘れとる。それが、たァけのたァけたる所以《ゆえん》だがや。奴らが懲《こ》りて謙虚になるのは……死んだ後だがね」

「お、畏れいり申した」

石川が平伏した。

家康としては、城内の空気を無視し、秀吉との宥和に突っ走るわけにもいかないのだ。家康が、浜松城内の——就中《なかんずく》、旗本先手役《はたもとさきてやく》の侍大将たちの意向に、ここまで気を遣うのには理由があった。

事実上、家康の真の手駒は、彼らしかいないからだ。

徳川の版図が百四十四万石で、動かせる将兵が三万六千人とは言っても、その過半は、領内の国衆たちの家子郎党《いえのころうとう》が占める。最近では、家康直轄の奉行や代官たちまでが、任地で領主化しつつあるのが現状だ。浜松城下に住み、領地はわずかしか持たず、まさに「徳川家の郎党」として家康一人につき従う旗本たちは、精々五千余である。そして戦場で彼らを率いるのが、平八郎であり、榊原《さかきばら》康政《やすまさ》であり、井伊直政なのであった。家康が平八郎らの意向を無下にできない所以である。

（このやり方は、まずいわなァ）

乙部は、徳川家の宿痾《しゆくあ》を看破《かんぱ》していた。

（平八郎様たちは一騎当千の猛者《もさ》揃いだが、如何せん武辺専一……政略には向かねェ。彼らの意向に左右されていては、家康公、道を誤りかねんぞ）

では、家康はどうすべきか？

（長い目で見れば、地方の奉行衆の力を削《そ》ぎ、手駒の数……つまりは、直参旗本の数を増やすしかねェだろうが……ま、実権を削《けず》られる奉行衆は激しく抵抗するだろうなァ）

下手をすると、その過程で造反者や謀反人を生むやも知れない。家康に反旗を翻しても、大坂という受け皿、秀吉という選択肢があるのだから不安は少ないはずだ。そうなれば徳川家は空中分解してしまう。

「実は……」

正信が、さらに声を落として言い、困ったような表情で石川に目をやった。石川は正信を見てゆっくりと頷いた。

「伯耆守様と、かねてより御相談しておった儀がございまする」

「なんら？」

「一石二鳥の妙手にはございまするが……その」

「だから、なんや⁉」

鷹揚を装ってはいるが、その本質は狭量で癇癪持ちな家康が焦《じ》れた。無論、最前の天変地異と武田の滅亡を絡めた正信の失言が、苛々の伏線になっている。

「弥八郎殿からは申し上げ難いだろう……ここからは拙者が御説明致しまする」

「おまんら、なんぞ悪だくみしとったのか？」

家康が大きな目で、ギョロリと家老と軍師を睨んだ。

「拙者、徳川を見限り、大坂方に寝返りまする」

「な……」

家康が脇息に置いていた肘を滑らせた。

「秀吉の傍近くに仕え、大坂方の内情本音を殿に逐一お報せ致す所存」

「たァけが……」

と、呟いた後、家康はしばらく黙っていたが、やがて口を開いた。

「おまん、意味を分かって申しておるのか？」

「無論、分かっております。弥八郎殿の意見も取り入れ、十分に策を練ってございます」

家康が正信を見た。軍師が不承不承に頷いた。

石川は、家康を見限り、一族を連れて出奔し、大坂城へと逃げ込む。なにせ石川は徳川の次席家老だ。秀吉は、石川を「対徳川の情報源」として重宝し、傍近くに置くだろう。

「つまり殿は、秀吉の身辺に、拙者という目と耳をお持ちになる次第にございまする」

と、石川がきっぱりと告げ、平伏した。

(なるほどね。弥八郎様が「策がなくもない」と嫌そうに言っておられたのは、このことかァ)

乙部は、石川の大胆な発想に舌を巻いた。

「下手をすると、おまん、殺されるぞ……それに、とって付けたような話ではねェのか？　そもそも秀吉が信じるものか」

石川の「捨て身の謀略」に家康は懐疑的なようだ。

「拙者、秀吉めから、殿を裏切れば美作《みまさか》一国を宛がうと持ち掛けられ申した」

「いつじゃ？　いつそんなたァけたことを？」

石川の告白に、家康が目を剝《む》いた。

「於義丸君を大坂にお送りした折に」

「ほう……美作一国かァ。秀吉の奴ァ随分と太っ腹だのう」

ちなみに家康は、天下に隠れもないド吝《ケチ》である。

「徳川家内では対大坂強硬論が根強く、これでは徳川に未来はないと拙者は殿と徳川を見限る。動機として十分にございまする。ほぼ事実なのですからな」

ただ、しばらくの間、秀吉は石川を監視対象とするだろう。手紙を出すこともままなるまい。そこで、この手の仕事に精通した乙部に、石川との連絡役が回ってきた次第である。

（なるほど。それでワシがここに呼ばれたわけか……しかし、容易な役目ではねェぞ。秀吉も隠密はタンと抱えとる。大坂での伯耆守様は、常に見張られること

になる)

乙部は、役目の困難を想い、内心で天を仰いだ。

家康は瞑目し、腕を組み、しばらく黙っていたが、おもむろに目を開き、改めて一同を見回した。

「妙手だとは思う。しかし、危うい」

「危うさは承知の上にござる。ただ、秀吉が隷下《れいか》の大名衆に動員をかけておる現況に鑑るとき……」

手を上げて、家康が再び石川の言葉を制した。

「やはりワシには、空理空論にしか思えぬ。秀吉は疑いの目でしかおまんを見ぬであろうよ。そもそも酒井が病を得た今、事実上の筆頭家老はおまんじゃ。家宰に見捨てられる徳川の面目はどうなる。それ以上に、主家を見限る石川伯耆守は孫子《まごこ》の代まで『裏切者、卑怯者の烙印』を押されようぞ」

「さればこそ……」

石川が身を乗り出した。

「拙者の『裏切り』の信憑性が増すのでござるよ。出奔の仕方が惨めであればあるほど、卑怯であればあるほど、芝居は敵に露見致しません」

「つまり、おまんは……」

家康が声を詰まらせ、扇子で顔を隠した。

「ワシと徳川のために、あえて……あえて汚名を着ようと申しておるのか？」

「嫌われるのも、笑われるのも、家老の役目の一つにござるゆえ」

と、誠の忠臣が笑顔で言って平伏した。

さすがに誰もが口を閉じた。その場にいる四人が四人とも、それぞれの思いを胸の中で反芻させていたが、やがて正信が、小声で家康に囁いた。

「最前、一石二鳥の妙手と申しましたが、実は伯耆守様の策には、今一つ、大きな余禄が付いて参ります」

「余禄とはなにか？」

「それはですな……」

軍師が、ズイと身を乗り出した。

四

茂兵衛主従が、土牢に閉じ込められて三月《みつき》が経った。

ここに放り込まれたのは閏八月二日の夜である。新暦に直せば九月の二十五日だから、まだ周囲の山では生き残りの寒蟬《ひぐらし》たちが細々と鳴いていた。

戸石城の土牢は、崖の斜面に、奥行き二間半（約四・五メートル）、間口二間（約三・六メートル）、高さ一間半（約二・七メートル）ほどの洞穴《ほらあな》を穿《うが》ち、入口に格子柵をはめた簡易な構造である。手槍を持った足軽が一人、交代で番人をしていた。

土牢といっても周囲四面の内の一面は格子だけの吹き曝しで、近傍の山の緑が窺える。空気の循環も悪くない。さほどの閉塞感を受けないのは有難いが、十一月（新暦の十二月）に入ると信州の寒さが骨身に堪えた。真田側は大量の筵《むしろ》を差し入れてくれたが、本格的に冷え込む季節はどうしのげばよいのだろうか。

「茂兵衛は戦場では生き永らえたが、牢内で凍え死んだ」なぞと笑われ、酒の肴にされるのは御免である。

「な、ワシらは全員、南国三河の生まれなんだわ」

格子柵越しに、茂兵衛は牢番と交渉してみた。

「信濃の寒さには耐えられんと思う。そこで、どうじゃろう。十一月になったら手炙りでも火桶でもええから、幾つか差し入れてはもらえんかのう」

「オラに言われてもなァ」

頭の悪そうな足軽は困惑の態を浮かべ、頰の辺りを指先で掻いた。

（たァけ。おまんに頼んでるわけではねェわ！）

牢番から小頭《こがしら》を通じて上に話が行けば、源三郎のことだから、たぶん火桶ぐらいは使わせてくれると思う。だから、牢番には伝言を頼んだだけなのだが、少し勘違いしているようだ。

「や、だからあんたの小頭に、ちょっと頼んでみてくれや」

「嫌だよ。小頭なんてものは、足軽がなんか言えば『駄目だ』と怒鳴って、ぶん殴るのが役目だと思ってやがるんだから。痛いから嫌だよォ」

「ああ、なるほどねェ。そりゃ辛いわ。いずこも同じだら」

怒鳴りつけたい衝動を抑えつつ、足軽に共感してみせた。

「み、三河でもそうかい？」

牢番が食いついてきた。

「同じだよォ。いつも、一番苦労するのは足軽だものなァ。分かるよォ」

「でも、旦那は馬乗りでしょう？」

「今でこそな。でも、元は足軽よ。南三河の渥美《あつみ》って土地の百姓だ」

「へえ、そりゃ、大層な御出世で」

「ま、運がよかっただけだわ。だからあんたらの苦労は、よおく分かってるつもりなのさ」

「そうかい。そう聞いたからには放っておけない。火桶はオラがなんとかする」

阿呆を悪乗りさせてしまったようだ。

「や、別にあんたじゃなくても、小頭に……」

「や、オラがなんとかする。待ってろよ相棒！」

そう言って、駆け去ってしまった。

（こりゃ、たぶん駄目だなァ）

たとえ阿呆がやる気を出しても、彼らに大事な仕事を任せて上手くいった記憶は、すくなくとも茂兵衛にはない。

嘆息し、牢内に振り返ると、富士之介ら茂兵衛の家来三人はニヤニヤと皮肉な笑みを浮かべていたが、花井一人が端座し、真剣な眼差しで深く頷いてくれた。

（花井のたァけ、なにを頷いてやがるんだ？）

この頷きには、如何なる情動が潜んでいるのだろうか、茂兵衛には見当もつかなかった。

天正十三年（一五八五）の十一月になると、火桶の代わりに、度々地震がやってきた。小さな揺れだが、日に幾度も揺れるから不気味だ。

ここ数年、火山の噴火、大雨、地震と天災続きである。

土牢もそれなりに揺れたが、地中の構造物は、地上のそれに比して揺れに強いものだ。壁が大きく崩れるということもない。問題なのは、むしろ人の心だ。恐怖心だ。

「こら伍助、鬱陶《うっとう》しい面をするな！」

巨漢の清水富士之介を背負い、土牢内をグルグルと歩きながら、茂兵衛は依田伍助を怒鳴りつけた。

「も、申しわけございません」

小者の仁吉を「背負った」伍助が、そのまま頭を下げた。自然、背中の仁吉も一緒に頭を下げることになる。

「足を止めるな。ともかく歩け」

「はッ」

「お頭……ここ、少し罅《ひび》が入っておりまする」

花井が、歩みを止め、土壁の上部を指した。花井一人が誰も背負っておらず、背負われてもいない。

「もし壁が崩れたら、むしろ好都合。そこから逃げ出せるがや」

「でも、生き埋めになるのは恐ろしいです」

「い、生き埋め……殿、ここは危険です！」

伍助がまた足を止め、血相を変えて花井の悲観論に同調した。

「なにが生き埋めか。そおゆう辛気臭いことを考えるな。や、考えるのは仕方ないが口には出すな」

「お言葉ですが、口に出した方が、幾分、気分が軽くなりまする」

伍助が涙目になって抗弁した。

（ま、そういうこともなくはねェわなァ）

とも思ったが、指導者として、ここで毫《ごう》も退いてはならない。

「たァけ。おまんの気は楽になっても、毒気に当たる周りが大迷惑するがや。牢内の空気が悪くなるがや。そもそもだなァ」

百歩ゆずって、過去への後悔は口に出すことで寛解することもあるだろうが、将来の不安は言えば言うだけ増幅され、どつぼにはまるだけだ。

「だから、口に出すな！　辛かったら歩け。不安なら足を動かせ」

「へ、へい」

土牢暮らしが三月《みつき》に渡り、そろそろ気鬱の症状が出始めている。長く座ってばかりいると体も鈍《なま》る。熊胆があるうちはまだよかったのだが、五人で服用したから、初めの一月《ひとつき》で無くなった。今や心身ともに鈍る一方だ。

現在茂兵衛は、牢内をグルグルと円《まる》く歩くことを奨励している。

それも、傷が癒えたばかりの花井以外の四人は、必ず誰かを背負って歩くことにした。身軽にそのまま歩くよりも、負荷をかけた方が鍛錬になると考えたのだ。体重差を考慮して、茂兵衛は富士之介と組み、伍助は仁吉を背負って歩くことにした。

茂兵衛の左太腿の槍傷はもう完全に塞がり、痛みはなかったが、どうしても歩くと左足を庇って、右足の着地が若干早くなる。傍《はた》からは、左足を引き摺るように見えているようだ。足の傷でも太い血の管を切れば死に直結するし、膿んで肉が腐っても大事になる。その点、自分は幸運だったのだから、すこしの不自由は辛抱しようと自分で自分を戒《いまし》めた。

牢内を百周したら交代して、今度は茂兵衛を富士之介が背負ってまた百周する。二百周を一回として、当初は日に三回。徐々に増やして、半月が経った今では、日に十回も実施している。

誰も背負わずに、ただ歩くだけの花井が、記録係を買ってでた。周回した回数を土壁に木切れを使って刻んでいく。花井は阿呆だが生真面目な性格だから、この手の淡々と記録を取るだけの作業には適性があった。

「我ら、この一月《ひとつき》で八十八里（約三百五十キロ）……おおよそ駿府《すんぷ》から京《きょう》までを歩いたことになりまする」

「ほう、大したもんだら」

「駿府から京かァ。よう歩きましたなァ」

「ええか、覚えとけ。塵も積もれば山となるんだわ」

さらに、歩くことは心の安定にも寄与する。

若い頃、荒《すさ》んでいた茂兵衛は、よく母や上の妹のタキと衝突した。憎い奴だと思うが、女子供を殴るわけにもいかない。そんな折、茂兵衛は家を飛び出し、滅茶苦茶に速足で歩き回ったものだ。夜でも朝でもお構いなしだ。一定の速さで歩いていると、なぜか怒りは鎮まった。どうでもいいことのように思えてきたものだ。

「俺を信じて歩け。手前《てめ》ェの足元だけを見つめて歩け。昨日や明日を考えず。今この時、歩いていることだけに集中せい」

「はッ」

「へい」

自分は今、日ごろ苦手とする禅坊主と同じようなことを喋っている。そこに気がついて茂兵衛は苦笑した。

格子柵の向こうから、牢番の足軽が不思議そうに、茂兵衛主従の奇妙な行動を眺めていた。

——そんなこんなで、牢内は幾何《いくばく》かの明るさを取り戻したのだが、地震はどんどん回数を増していった。日に何度も揺れる。

特に、伍助の恐怖症は重篤で、又候《またぞろ》「生き埋め」とか「圧死」などと、辛気臭い台詞《せりふ》を並べ始め、牢内の雰囲気を度々悪くした。伍助は植田村時代、野菜を貯蔵する横穴の天井が崩落し、死にかけた経験があるそうな。

（そんな、おまんの個人的事情は知らんがな！）

と、内心では咆哮したが、癇癪はいけない。ゆっくりと息を吐き、心を静めてから穏やかに恫喝した。

「伍助よ。おまん、今度『生き埋め』ゆうたら、俺ァ、拳固でおまんを殴るぞ」

「は、はい」

主人に脅されて伍助は震え上がった。

「『崩落』もだめ。『圧死』もいかん」

「はッ」

「『暗い』でも『潰れる』でも殴る」

「へいッ」

薄暗い牢内でも、伍助が青褪めるのがよくわかった。哀れにも感じた。この若者の鼻筋は大きく曲がっている。三年前の甲府《こうふ》で、窮地の茂兵衛を助けた折、敵に槍の柄で顔面を強打されたのだ。禁句を口走っただけで、自分は命の恩人を打擲《ちょうちゃく》できるのだろうか。お人好しの茂兵衛には、トンと自信が持てなかった。

五

「これはこれは茂兵衛殿、御無沙汰致しておりまする」

ある晩、牢内に明るい声が響いた。上機嫌で土牢にやってきたのは、源三郎を伴った表裏比興之者――真田昌幸、その人である。

「こんなむさい場所に押し込めて、本当に心苦しいのだが、これも軍法。いくらワシと茂兵衛殿とが朋輩《ほうばい》の間柄だと申しても、依怙贔屓《えこひいき》はできぬ。そこは御理解あって御寛容下され」

「安房守様、とんでもございません」

と、牢内に端座して格子柵越しに頭を下げた。最近ようやく、足を曲げて座っても痛みが出なくなったが、歩けばまだ少し左足を引き摺る感じだ。

「それがしだけでなく、こうして我が寄騎や郎党どもまで命をお救い頂き、一同忝《かたじけな》きことと感じ入っておりまする」

花井以下も威儀を正し、行儀よく上田城主を迎えてくれている。

昌幸は物々しい戦支度であった。

銀で梯子《はしご》を描いた堅牢な二枚胴具足を着け、その上から萌黄《もえぎ》色の陣羽織をはおっていた。上田城から戸石城まで直線距離でも一里（約四キロ）と少しある。真田と徳川は今現在も交戦状態にあるから、戸石城へやってくるだけでも命懸けだったはずだ。

（それでも安房守様はここへきた。重い甲冑を着こんでまでやってきた。俺の面

ア見にきたわけではあるまい。こりゃあ……なんぞ、あったな）

「実は、一大事がござってな」

（ほれ、みろ）

「珍事と申すべきやも知れぬが……貴公、石川伯耆殿とは昵懇《じっこん》か？」

昌幸は、格子柵越しに茂兵衛を見て、悪魔のような笑顔を浮かべた。

「知らぬ仲ではござらん。石川様が如何されました」

十日ほど前の天正十三年（一五八五）十一月十三日。徳川家次席家老の石川伯耆守数正が、家族とわずかな従者のみを引き連れ、夜分に岡崎城《おかざきじょう》を出て、大坂へ向け出奔したそうな。

「ええッ、出奔？」

茂兵衛が仰天する様を、昌幸は格子の狭間から窺っていた。明らかに茂兵衛の反応を観察している。そのことに気づいてはいたが、様々な思いが脳裏を駆け巡り、茂兵衛は動揺を隠せなかった。

石川伯耆守——内政においても、一軍を指揮させても、そつなくこなす器量人だが、なぜか徳川家内における人気は今一つだった。それが出奔の原因であろうか。ただ、それを言えば、筆頭家老の酒井忠次も石川に倍して人気が無い。

どこの家中でも家老とか執政という役職につく者は、嫌われるのではあるまいか。ときに、家臣たちから不評の政策でも、敢えて実施せねばならないだろう。人の組織には、嫌われ役も必要なのだ。当主の代わりに嫌われる役どころだ。それが分からぬ石川とも思えないから、不人気が出奔理由とは考え難い。

また石川は、於義丸(秀康)君を大坂まで送り届けた帰途、秀吉から「徳川を見限れば、美作一国を与える」と持ち掛けられたことを茂兵衛に告白した。美作の件と今般の出奔には如何なる関連があるのか、ないのか。

(伯耆守様、なぜだら?)

石川と茂兵衛は政治的な立場が近い。二人とも対秀吉宥和派である。現実を見ようとしない対秀吉強硬派に辟易しているところで共感し合った。ただ、茂兵衛と石川では忠誠心の度合が違う。物静かな石川だが、徳川家、就中、家康に対する忠義の心には熱いものがあった。その忠臣が、義の人が、かくも簡単に寝返るものだろうか?

「今日の午後に大坂から報せが入ってのう。これは大変と、茂兵衛殿に御注進に及んだ次第にござる」

(報せるだけなら、手紙でもええ。人に伝言させてもええではねェか。なんぞ俺

に直接伝えたいことがあるんだろうよ）

「伯耆守殿とは如何なる御仁にござるか？」

「徳川にとって大切なお人にござる」

茂兵衛が答えた。

「それがなぜ、寝返った？」

「さあ、分かりかねまする」

本当に分からなかった。見当もつかない。徳川に不満はあったろう。秀吉に美作一国という餌をぶら下げられたのも事実だ。ただ、そこから「寝返る」までには数段の飛躍があるように思われた。

相変わらず昌幸は、格子の間から探るような視線を向けている。

「なにかの間違いではござらんのか？」

「や、間違いではないぞ。ほれ、御覧じろ」

一通の封書を取り出し、広げて示した。差出人の署名をみれば——関白羽柴秀吉と読める。

（ほう。秀吉自ら報せてきたのかい……大坂方は大はしゃぎしているようだ）

「読みたかろう？」

からかうような目で睨まれた。口元が笑っている。悔しいが、ここは隠忍自《いんにんじ》重《ちょう》して、書状を見ておいた方がいい。

「是非、拝見致したい」

手を伸ばしたが、昌幸は手紙を背後に隠してしまった。

「どうしようかなァ」

「父上、お戯《たわむ》れが過ぎましょう」

と、源三郎が手紙を奪い取り、格子の間から茂兵衛に手渡してくれた。

「かたじけない」

軽く目礼して手紙を受け取り、貪《むさぼ》るように読んだ。

日付が十一月十四日になっている。おかしい、岡崎城から大坂城までは五十里（約二百キロ）ある。出奔の翌日に、大坂にいる秀吉が、石川の出奔を伝える手紙を書けるはずがない。

（つまり、出奔の期日からなにから、伯耆様は、あらかじめ大坂方と示し合わせていたということか）

すべてが秀吉の掌の上で動いているようだ。ちょうど一年前、大坂で会った小男の顔を思い出してみた。

（あのときは俺も、秀吉に気圧されてなんにもできんかった。あの調子で、伯耆守様も籠絡されたのかも知れねェ。ま、秀吉は名うての人たらしだ。相手が悪いや。仕方ねェ部分があったのやも知れねェ）

手紙には「徳川崩壊の始まり」というようなことが認《したた》められていた。

秀吉の書状から顔を上げると、昌幸はすでに姿を消しており、源三郎一人が格子柵の前に立っていた。

「茂兵衛殿、ちとお話がござる」

と、茂兵衛一人が牢から出された。

源三郎について三月《みつき》ぶりに外を歩いた。今宵は二十三日で、下弦の月が朝方に上る。今は亥《い》の正刻（午後十時頃）で、まだ夜空に月はない。城のあちこちで燃える篝火《かがりび》の明かりが届く範囲のみ目が利き、そこから外れると墨を流したような闇である。

（今なら、逃げようと思えば逃げられるわなァ）

ただ、茂兵衛は逃げられるかも知れんが、牢内に残された花井以下の四名は確実に殺されるだろう。

（いっそ、源三郎様を人質にして……ま、やめとくか）

閏八月以来、茂兵衛たちは幾度も、源三郎に命を救われてきた。いくら戦国の世でも、恩を仇で返すと後生が悪い。

矢盾二枚を机代わりに、床几《しょうぎ》が二台設えてあった。瓶子《へいし》と土器《かわらけ》が置かれている。質素な宴席であろうか。

二人は床几に腰を下ろし、土器に注いだ濁酒を互いに干した。

「貴公のお立場を考えると、あの折、余計なことをしたのかと悔やまれまする」

「と、申されますと？」

「や、いずれは捕虜の交換などで徳川方にお戻りになられるでしょうが、口さがない連中から色々と言われるのかなァと」

「ああ、なるほど」

おめおめと生きて帰ったことを責められる可能性はある。なまじ農民の出であれば「百姓は死に時を知らん」と笑われそうだ。

「徳川に帰参した後のことはどうあれ、源三郎様への感謝の念は些《いささ》かも揺るぎません」

その後、しばらく沈黙が流れたが、やがて――

「父などは、石川伯耆殿の寝返りで、徳川の軍制はすべて大坂方の知るところとなり、最早戦にならぬのではないかと申しております」

「た、確かに」

徳川の軍事機密——陣立て、それぞれの武将が率いる人数。号令、鬨《とき》の作り方、退き鐘、法螺貝《ほらがい》、弓鉄砲の数、弾薬の蓄え——すべてが筒抜けとなるだろう。作物の収穫量や金銀の蓄え、地縁血縁の人間関係に至るまでの非軍事的な情報も、場合によっては軍事機密以上に戦局を左右する。ただでさえ劣勢にある徳川が、手の内を明かした状態で戦などできるはずもない。今までは和戦両様で、時には辞を低くして家康に秋波を送っていた秀吉も、態度を一変させるはずだ。

秀吉は全勢力を挙げ、目の上の瘤《こぶ》たる徳川家康を潰しにくるだろう。

「徳川は大坂方に全面降伏せざるを得ず。その場合、領地は大きく削られましょう。おそらくは半分以下になる」

「半分以下?」

源三郎が、土器を矢盾の上に置いた。灯火の淡い光の中でこちらを見ている。

「如何でござろう。貴公、いっそこのまま真田に仕官されませんか」

「え、それがしが? 御当家に?」

唐突な申し出に面食らった。

「たとえ徳川が五十万石になろうとも、まだ真田よりは幾倍も強大ではある。しかし、武士は領地の多寡ばかりではございますまい」

百姓の出と蔑まれ、また今回は虜囚《りょしゅう》の恥を晒すことにもなった。もし生きて自陣に帰れても、徳川家内での茂兵衛の立場はいよいよ悪くなりそうだ。

「その点、我が真田なら、父も我ら兄弟も貴公を朋輩と思っております。また真田の将兵は、神川の勇戦ぶりに圧倒され、貴公を軍神とも尊崇する者が多い。家禄は今より若干下がるやも知れませんが、真田家は居心地のよい家にございまするぞ」

「……あ」

思わず目頭が熱くなった。自分のどこがいいのか知らんが、源三郎の厚情にいたく感激した。彼の好意に甘え、真田家に仕えれば、茂兵衛の人生も大きく変わるだろう。幸福で充実した暮らしが待っているように思えた。

（ただ……）

そうなると仲間を悲しませ、失望させることになる。茂兵衛を慕ってくれる幾《いく》何《ばく》かの人々の期待を裏切ることになるのだ。

様々な顔が浮かんだ。

本多平八郎の鍾馗《しようき》の如き威容。弟植田丑松が長閑《のどか》に「兄ィ《あに》」と呼びかけ、顔をくしゃくしゃにして笑った。朋輩で義弟の木戸辰蔵の顰め面。義弟松平善四郎と大久保彦左衛門《ひこざえもん》、横山左馬之助《よこやまさまのすけ》が笑顔で手を振っている。寿美と綾乃とタキは袖を濡らし、泣いているではないか。最後に、主人家康がこちらを指さし、怖い顔で「茂兵衛、たァけ」と吼《ほ》えた。

両眼から、大粒の涙が溢れ出した。止め処なく流れ落ちる。

「それがしは……け、決して忠臣ではござらん」

流れる涙と鼻水を拭うこともせずに、茂兵衛は続けた。

「実は、徳川のために死ねと言われて、二の足を踏んだことも幾度かござる。侍失格だとの自覚がござる。でもね、源三郎様……それがしの周囲、二間四方にいる仲間たちを裏切ることだけは、悲しませることだけは、したくねェんですわ。それが百姓あがりの武士《もののふ》の義だと思っております。ですから……」

——もういけない。涙と鼻水で言葉が言葉にならず、茂兵衛はガックリと頭を折った。

源三郎は返事をしなかったが、その穏やかな目で、静かに、深く頷いてくれているようだった。

六

十一月二十七日、ひと際大きく揺れた。

「と、殿！　じ、地震にござる。地獄の釜の蓋が開いたのでござる」

「たァけ、ガタガタ喚《わめ》くな」

と、狼狽《ろうばい》する伍助を叱り飛ばした。

激しい横揺れが、呼吸を三十もする間、延々と続いた。立ってはおれず、牢の格子に摑まるか、土壁にすがって、崩れないことを祈りながら天井を見つめた。

やがて揺れは収まった。

「な、長う揺れましたな」

「皆、怪我はねェか？」

土牢の中の被害は、罅がわずかに広がった程度で済んだが、地上からは物が倒れる音、材木が軋《きし》む音、男女の悲鳴や断末魔の声が漏れ伝わってきた。

土牢内では、確かなことはなにも分からないのだが、戸石城が大きな被害を受けていることは間違いない。深夜まで、男たちの怒号と女たちのすすり泣く声が途切れることはなかった。

「どうだ伍助、土牢は結構頑丈だろう？」

「はい。表では大変なことになっておるようですからなァ」

少し落ち着いた伍助が土の天井を見上げた。

茂兵衛たちにも、少しだけ被害はあった。食事が出なかったのである。竈《かまど》が崩れて米が炊けなんだ由。牢番の足軽が桶に水を汲み、川魚の焼き干しを一人に二尾ずつもってきてくれた。

「これだけかい！　竈が崩れても、焚火で米ぐらい煮れるだろうがよ」

大食漢の富士之介が牢番に食って掛かった。

「地震のときに火なんぞ焚けるかい。火事が一番怖いずら」

牢番が格子柵の外から言い返した。

「火を焚いておらんだと？　おまんら、凍え死ぬぞ」

腹の足しにはならんが「食えるだけましし」と、硬い山女《やまめ》を長々としゃぶり、柔らかくしてからよく嚙んで飲み下した。かなり生臭く、すえた味がする。

「これほど揺れたんだ。流石《さすが》にもう終わりでしょうね」

花井が土牢の壁を見ながら呟いた。

「はい、よく申しますね。最後の最後に一番大きな揺れが来るって」

富士之介が山女を齧《かじ》りながら応えた。

「ほうだがや」

会話に茂兵衛が割って入った。

「地震は地下で大鯰《おおなまず》が暴れて起こすそうだが、さすがに、これだけ揺らせば鯰も疲れるわな」

「確かに」

「よし、明日からは日課を再開させるぞ。また相棒を背負って牢内を歩く」

と、警戒を緩めた翌々日――十一月二十九日の亥の正刻（午後十時頃）、極めて大きな揺れがきた。今度は縦揺れである。ドンドンと下から突き上げてきた。

「こりゃ、酷いぞ」

左右に振られて「立っていられない」のが一昨日《おとつい》の揺れ方で、今日のそれは、突き上げられて「叩きつけられる」といった風の揺れ方だ。「ユッサユッサとドンドンドンの違い」とでも表現しようか。二十七日の地震より明らかに激しい。縦揺れに続いて、大きくうねるような横揺れがきた。

悲鳴や怒号は相変わらずだが、どこかに慣れと言おうか、諦めと言おうか、はたまた絶望か――巨大な力に翻弄され、抗《あらが》う気力さえなくした人々の虚無の声が城内から響いてくる。

ゴ――――

遠方から、地鳴りとも海鳴りとも聞こえる不気味な音が響いてきた。

「なんなら？　ありゃ」

「城の石垣でも崩れたんだろうよ」

不安顔の伍助に、富士之介が答えた。

「たァけ、もっと大仕掛けだわ……こ、この世の終わりだがね」

「こらァ伍助！　おまん、辛気臭ェことぬかすな！」

最後は茂兵衛が伍助の悲観論を怒鳴りつけて封じ、皆を静めた。

ようやく横揺れも収まり、一息ついた。

牢番の足軽はどこかに逃げてしまい姿が見えない。よほど慌てたのか、手槍を置き忘れている。しかも壁に立て掛けてあった槍は地震の揺れで倒れ、床に転がっているではないか。

「富士之介、あの槍、格子の隙間から腕を伸ばせば、届かねェか？」

この中では、富士之介の腕が一番長い。槍があれば、壁にかかった牢屋の鍵を取れるかもしれない。地震で城内は混乱の極みにあるはずで、誰も土牢の捕虜の心配などする余裕はないだろう。百に一つ、脱出できるかも知れない。

「やってみまする」

富士之介が精いっぱい腕と指を伸ばすが、あと五寸（約十五センチ）ほど届かない。

「なにか、棒のようなものはねェか？」

「棒なら、ここにございます」

花井が誇らしげに、土壁に記録を刻むときに使っている木切れを差し出した。しかし、その長さは二寸（約六センチ）にも満たない。

「花井よ。残念だが、こりゃ、少し短《みじ》けェかもな」

「も、申しわけございません！」

花井が恥じ入って俯《うつむ》いた刹那、また強烈な揺れがきた。こんども横揺れだ。

「糞がッ。もう少しなのに！」

富士之介が癇癪を起こし「ゴン」と格子を叩いた。見れば、槍が今の揺れで転がり、少し近づいたようにも見える。

「今度は届くぞ、富士、やってみい！」

「はッ」

しかし、まだわずかに届かない。その距離一寸（約三センチ）――

「あの、お頭……今度は届くのでは？」

と、花井が再度木切れを差し出した。

「でかしたぞ、花井！」

「あ、有難うございまする」

富士之介は、花井の木切れを使って槍を手繰り寄せ、その大きな手にしっかりと摑んだ。

「でかした富士。それで壁の鍵を取れ、槍の穂先に引っ掛けるんだ」

「委細承知」

富士之介は大男だが、意外に器用なのだ。壁にかけられた鍵を穂先に引っ掛け、そのまま槍を引いて確実に引き寄せたのだが――ここでまた、激しい揺れが来た。

チャリーン。

無情にも、また鍵は床に落ちた。ただ、ほんのすぐそこだ。富士之介が腕を伸ばすが、指が届かない。

「たァけ、槍を使え」

「し、承知」

槍なら十分に届くが、如何せん長さが一間半（約二・七メートル）もあって扱いにくい。狭い土牢の中では却って長過ぎるのだ。六寸（約十八センチ）四方の格子から差し出しても、床の上の小さな鍵を引き寄せられない。

「貸せ、俺がやる」

茂兵衛がとって代わったが、長大な手槍と低い天井、狭い格子に手を焼いた。

「この糞槍を短く圧し折れ！　富士、おまんがやれ！」

「はッ」

と、牢内に槍を引き込んで、壁に立て掛け、折りにかかったのだが、手槍は堅牢な樫《かし》の一本木で、なかなか折れない。

「糞槍がァ、戦場では簡単に折れるのに、こういう時だけ折れやがらねェ」

富士之介が悪態をつきながら、踏んだり体重を掛けたりするのだが、一向に折れる気配がない。

「お止め下さい」

と、背後から窘《たしな》めるような冷静な声がかかった。牢内の五人は固まり、ゆっくり返った。猩々緋《しょうじょうひ》の陣羽織――真田源三郎だ。おもむろに、床から鍵を拾い上げた。

「駄目だ。上手くいってたのに……」

花井が落胆して呟いた。

「皆さんもよい大人なのだから、やることが上手くいかないからと、物に八つ当たりするのはみっともないですぞ」

そうブツブツと説教しながら、なんと格子柵の鍵を開けてくれたのだ。

「あの、源三郎様……な、なにをしておられるのか？」

あまりのことに度を失い、茂兵衛は敢えて確かめてみた。

「地震の揺れで土牢の鍵が壊れ、貴公らは逃げた。御不満か？」

「いえ、滅相な……忝いだけです」

「どうぞ」

源三郎が、潜り戸を開けて、手招きした。

「本当に逃がして頂けるのですか？」

「拙者が逃がしたことは内緒ですよ。父から叱られますから」

「誓って口外致しません」

善は急げという。源三郎の気が変わらぬうちにと、潜り戸を通って表に出た。茂兵衛以外の四名は、三月《みつき》ぶりで牢の外に出たことになる。

「槍は置いていって下され。拙者の振る舞いで、味方が殺されては寝覚めが悪い」

槍を手にした富士之介が茂兵衛を見る。茂兵衛が頷くと、富士之介は槍をその場に置いた。

「では、御免」

と、駆け出そうとする一同を源三郎が制止した。

「茂兵衛殿！」

「はッ」

足を止め振り返った。

「次には、味方同士として、同じ側で戦いたいものですな。拙者と貴公も、真田と徳川も」

「勿論にございます。ただ、たとえ敵のままでも……植田茂兵衛、御厚情は生涯忘れません」

そう言って深々と一礼し、茂兵衛は夜陰に紛れ、やや左足を引き摺りながら走り去った。

戸石城は最早、城の態を成していなかった。

館も小屋も土塁も柵も壊れ、潰れ、荒涼とした「小尾根にある、ただの台地」に変貌していたのだ。潰れた家屋の下敷きになった仲間を救おうと、城兵たちが群がっているが、今も余震は続いている。誰も、茂兵衛たち逃亡者に気を払う者はいなかった。

「確か戸石城は、神川の西岸上流にあったな」

今夜は二十九日で、月明かりは望めない。周囲の景色を見晴らしながら進むことはできない。ただ、わずかに積雪があり、雪明かりで真の闇ということはない。薄ぼんやりとは見える。

「まずは東へ向かって山を下ろう。川に出たら、それが神川だ。神川に沿って下れば、北国街道《ほっこくかいどう》か、最悪千曲川《ちくまがわ》に出るだろう。さ、行くぞ」

茂兵衛主従は、余震の続く中を歩き出した。ふと違和感を覚えた。頼りない星明かりではあるが、確か戸石城の東方には、小高い山が聳《そび》えていたはずだ。土牢は東に向かって開口していたから、その山容をこの三月《みつき》、毎日眺めて暮らしてきたのだ。それが――ない。

（や、山が崩れたんか？）
最前聞いた不気味な轟音の正体は、これだったのかも知れない。薄暗いながらも牢内は灯火があり、外の景色の変化に気づかなかったらしい。地震が地形を変えたのだ。

後に茂兵衛が耳にしたところによると、この天正十三年（一五八五）十一月二十九日の巨大地震は、秀吉の徳川討伐軍を構成するであろう諸大名の采地——美濃《みの》、尾張《おわり》、飛驒《ひだ》、越中、近江《おうみ》、伊勢《いせ》、志摩《しま》に壊滅的な被害を与えたそうだ。

被害の一端を眺めてみれば——飛驒国の帰雲城《かえりくもじょう》は、山崩れによって城全体が地中に没し、城主内《うち》ケ島《しま》一族は滅亡した。美濃の大垣城《おおがきじょう》は全壊。越中の木舟城《きぶねじょう》が倒壊し、城主であった前田利家《まえだとしいえ》の実弟が圧死している。伊勢でも織田信雄の居城である長島城《ながしまじょう》が倒壊した。近江では秀吉が築いた長浜城《ながはまじょう》が全壊し、山内一豊《やまうちかずとよ》の一人娘が圧死している。さらに、各地で液状化が起こり、泥濘《でいねい》が集落を飲み込んだ。

着目すべきは、五十里（約二百キロ）を隔てた伊勢湾と若狭湾《わかさわん》で、同時に津波の被害があったことだろう。能登《のと》から伊勢にかけて、日本列島を横断し、およそ五十里、六十里に亘る広範囲で強く揺れた「史上稀にみる大激震」であったことが知れる。しかも、その被災地がすべて秀吉の版図であったとは、なんとも皮肉な話だった。

つまり秀吉としては、家康との戦どころではなくなった次第である。

翌天正十四年（一五八六）早々には、秀吉率いる十万の大軍の来襲を覚悟していた家康だが、正に、九死に一生を得るかたちとなった。

天正十年の浅間山大噴火は、勝頼の首を絞め、武田家に止めを刺した。逆に、天正十三年の大地震は、家康と徳川家を救ったのである。

第二章 茂兵衛の居場所

一

地震があったのが亥《い》の正刻（午後十時頃）だったから、今は子《ね》の下刻（午前一時頃）に近いはずだ。新月の頃にて空に月はなく、星明かり、雪明かりだけが頼りだ。

茂兵衛を先頭に花井と富士之介、伍助と仁吉の主従五人は、暗い中を神川《かんがわ》に沿って北国街道《ほっこくかいどう》を目指して南下していた。道は、千曲川《ちくまがわ》に向かいダラダラと下っているはずなので、迷う心配はなかった。

「戸石城《といしじょう》から千曲川まで、一里半（約六キロ）ぐらいかのう?」

「はッ。おおむねそのようなものかと」

茂兵衛の問いかけに、闇の中から富士之介の声が答えた。

三月《みつき》前、上田城《うえだじょう》を攻めるにあたり、茂兵衛も周囲の地図を丹念に見たものだ。川や道の位置関係、敵味方の支城の配置などは、おおむね頭に入っている。

しかし、所詮《しょせん》は図上の知識だ。激戦となった神川の渡河地点から戸石城までの道中は、茂兵衛は失神しており記憶がない。花井もそうだ。その点、富士之介と伍助、仁吉は捕虜として歩かされたから、多少は土地勘があるようだ。

（土牢の中で鍛錬していてよかったわ。足腰がしっかりしとるがね。今すぐにでも合戦に出られそうだ）

源三郎は、土牢から出してはくれなかったが、水と食料だけは十分に与えてくれた。傷が癒えた二月《ふたつき》前から、只管《ひたすら》「食って、眠って、鍛え」続けてきたのだ。茂兵衛たちの体調がいいのは、むしろ当然であった。

「ええか、お前ら」

茂兵衛は足を止め、花井と家来たちに振り向いた。大事なことだから、ここはきちんと言っておかねばなるまい。

「真田の若殿に、鍵を開けて貰ったことは内緒だぞ」

「え、どうして？」

雪を背にして立つ花井の黒い影から、怪訝《けげん》そうな声が戻ってきた。

「徳川と真田は敵同士よ。鍵を開けて俺らを逃がしたと知れれば、真田家内での若殿のお立場に関わってくるやも知れん」

それに、自分たちも疑われる。「どうして逃がしてもらえたのか」と真田との内応を疑われかねない。

「俺らは、地震で格子柵が壊れて、そこから逃げた。そういうことにしておこう」

皆が同意の声を上げたので、茂兵衛はまた前を向いて歩きだした。

「真田の若殿様は、よくして下さいましたものね」

背後で花井が呟《つぶや》いた。

「ほうだら。いつか必ず恩返しはする。そこは俺が考える」

「真田の者は、卑怯で狡《ずる》い奴ばかりかと思うていましたが、意外でした」

「悪い奴も、ええ奴もおるがね。それが世間だわ。大切なのは、頭から決めてかからんことだがや。人を信じ過ぎるのも、疑い過ぎるのもいかん」

暗い中でも、花井が幾度も頷く気配が伝わった。阿呆な花井だが、まだまだ若い。こうして少しずつ経験を積んでいけば、彼もいずれ——ただ、花井はもう二十七歳だ。大して若くもない。

（こら、もう少し頑張れよ花井！）

と、心中でどやしつけた刹那——

「浜松《はままつ》！」

急に前方から気色ばんだ声がかかり、一同は足を止めた。

（浜松だと？　ど～も徳川の符丁臭ェなァ。まずい。今日の符丁なんぞ知らんがね）

符丁——合言葉は、数日毎に変えるのが心得だ。長く虜囚《りよしゆう》となっていた茂兵衛たちに分かるはずがない。

「味方だ。徳川方だ。ただ、今の符丁は知らんがや」

闇に向かって叫んだ。

「戸石城の土牢に長く囚われていたんだわ。地震で逃げてきた」

「なんじゃとォ。怪しい野郎だら」

闇の中に、三角の陣笠が三つ四つ、薄《う》すらと浮かび上がった。突き付けられた槍を見れば、直槍《すぐ》あり、笹刃《ささば》あり、片刃の菊池《きくち》槍まである。穂先に続く太刀打ちの辺りも太く堅牢そうだ。

（これは素人《しろうと》の長柄《ながえ》槍じゃねェ。槍足軽が使う持槍だわ）

戦国もこの時期になると、足軽の身分は分化していた。昨日今日、農村から引っ張って来られたばかりの素人足軽と、最下層ながらも武士として主家に仕える玄人《くろうと》足軽である。前者には、長柄と呼ばれる長さ三間（約五・四メートル）ほどの長大な槍を持たせた。主に野戦《のいくさ》の序盤、槍の数と長さだけを頼りに横一列にならべ、長柄大将の号令で前進後退した。穂先を揃えて進むと、まるで巨大な剣山が押し寄せてくるようで、敵としても付け入る隙がなかった。

一方後者は、槍足軽などと呼ばれた。一応は武士で、主家から俸給を受け、城下に長屋も与えられる。得物は、持槍と呼ばれる一間半（約二・七メートル）ほどの短い槍で、樫《かし》の一本木などで堅牢に作られていた。彼らは、乱戦となったとき、また攻城戦において力を発揮する。一騎打ちに長《た》けた玄人集団といえよう。

今、茂兵衛に槍を突き付けている奴らは明らかに槍足軽であった。素人ではない分、肚が据わっている。頭ごなしに怒鳴りつけ、無理に言うことをきかせるのは危険だ。下手をするとブスリといかれる。

「敵じゃねェ。味方だよ。槍を下ろしてくれ。危ねェよ」

と、丁寧に頼んだつもりだったが、槍の穂先は突き付けられたままだ。

「二十挺の鉄砲が、おまんらのことを狙っとるぞ。妙な動きをするなよ」

（ふん、火縄の臭いもしねェ。火挟《ひばさ》みを起こす音も、火蓋《ひぶた》を切る音もしなかった。こりゃ二十挺の鉄砲は……ハッタリだなァ）

一方でその言葉には、同郷の懐かしいお国訛《なま》りが感じられた。

「俺《かた》ァ、大久保七郎右衛門《しちろうえもん》様配下の鉄砲大将、植田茂兵衛だがや」

「騙るにことかいて植田茂兵衛だと？　たァけ。植田様はもう、三月《みつき》も前に亡くなられとるがね」

「たァけは、おまんの方だら。火を点《つ》けて、よう俺の面《つら》をみてみりん」

「ほ、ほうだら……面ァ見りゃ一発だわ」

なぞとゴチョゴチョ相談していたが、やがて――

「ちょ、ちょっと待っとれ」

カチカチと火を起こす音がして、松明《たいまつ》が顔に近づけられた。

「て、抵抗するなよ。二十挺の鉄砲が狙ってるんだぞ」

相手も茂兵衛の顔を見ただろうが、茂兵衛にも薄すらと相手が見えた。黒地の陣笠に金の丸の輪が描いてある。徳川の足軽が四人だ。

「やっぱ植田様じゃねェわ。確かにデカいが、熊のような面だがや。それにえれえ臭ェわ」

（たァけが……あ、ほうか、ほうだわ。髭面《ひげづら》で顔が分からねェんだ）

と、茂兵衛は手で掴めるまでに伸びた顎髭を撫でた。この三月《みつき》の間、ただの一度も髭を剃っていない。当然、月代《さかやき》も伸び放題だ。顔も洗っていない。衣服も着替えていないから——自分たちは慣れて感じないが——相当な異臭を漂わせているはずだ。

「おまんらでは話にならん。小頭《こがしら》を呼んでこい」

「あ、あんた……本当に植田様ですか？」

「おうよ」

「植田様の御出自は？」

「だからァ……」

辟易しながら、仕方なく答えた。

「渥美《あつみ》の百姓だがや」

徳川の軍勢は数万規模の大集団である。そこそこには有名な茂兵衛でも、一般には「百姓あがりの槍名人」ぐらいの認識しかないのだ。

足軽四人組は、またこそこそと相談を始めた。

「おい、まさか、本物じゃあるめェな」

「鉄砲大将といえば物頭《ものがしら》だ。それにしちゃ言葉遣いが下品過ぎる。品性が感じられねェ」

（野郎、後で殺してやる）

「や、だからむしろド百姓出身らしいではねェか」

「小頭を呼ぶか？　小頭なら植田様かどうかぐれェは……」

「止めとけ。もし地震に乗じた敵の間者だったら、えらくどやされるぞ」

「いっそのことよォ……」

「たァけ！」

辛抱できなくなって一番近くの足軽の首を摑んで引き寄せた。顔を近づけ、その首を絞めあげた。

「死にとうなかったら、小頭でも物頭でもええから、連れてこいや」

「へ、へい」

背後の三つの影が揃って頷いた。

四人の足軽は、茂兵衛たち五人を神川沿いに一町（約百九メートル）ほど連行した。案の定、二十挺の鉄砲隊などは存在しなかった。そもそも、虎の子の得物である鉄砲を、月の無い夜に、敵陣近くに配置するわけがないのだ。それでも一人が先導し、三人が用心深く槍を構え、少し離れてついてきた。この猜疑心《さいぎしん》の強さは、如何にも三河衆《みかわ》らしい。だからこそ、今まで徳川は生き残ってこれたとも言える。戦場ではこの位の慎重さで丁度いい。

藪の中に隠れていたのは、中年の小頭に率いられた十人ほどの物見であった。戸石城を警戒しているらしい。平岩親吉《ひらいわちかよし》麾下《きか》の徒士《かち》武者で面識こそなかったが、それでも足軽よりは話が分かって、本隊へと案内してくれた。

「植田様は、足軽の頃から大久保様にお仕えなさったので？」

歩きながら、がっちりとした体形の小頭が茂兵衛に話しかけてきた。

「いんや。初めは六栗《むつぐり》の夏目次郎左衛門様だら」

「あ、ほうですか……拙者は吉田《よしだ》の出で、六栗はよう知っとりますわ」

「へえ、ほうかい」

そこで会話は途切れた。

（この野郎、鎌かけやがったのかな？　それとも単に知らなかっただけか。ま、いいや。陣地に着けば誰か顔見知りがおるだろう）

「あ、また揺れてますな」

小頭が足を止め、黒々とした木々の影が、風もないのに枝を揺らす様を見上げた。

神川の東岸に徳川方は陣地を築き、最前線の拠点としていた。ちょうど三月《みつき》前に茂兵衛が奮戦した渡渉地点の対岸である。空堀を穿《うが》ち、掘り出した土を盛り上げて土塁となし、その上に頑丈そうな柵を巡らせている。篝火《かがりび》の明るさで見る限り、地震にも耐えたようだ。簡素な陣地だが、結局のところ、この手の防塁が一番有効なのだ。

「これは驚いた。正真正銘の植田殿ではござらぬか！」

野戦陣地は、敷島《しきしま》という顔見知りの足軽大将に率いられていた。明るい性質の大男だ。同じ大久保忠世麾下の物頭として軍議の席で幾度も顔を合わせている。昵懇《じっこん》というほどではないが、小諸《こもろ》城内ですれ違えば互いに会釈を交わすし、ときに立ち話ぐらいはする。

敷島に、真田方の捕虜となり戸石城の土牢に押し込められていたこと、地震で格子柵が壊れ、脱出してきたことなどを申告した。敷島は事務的な質問を幾つかした後——

「まずは湯を沸かすゆえ、体を洗われよ。着替えも用意致す」

と、少し顔を寄せ、茂兵衛に小声で囁《ささや》いた。

「臭うござるか？」

「ハハハ、いささか」

篝火の明るさの中で、敷島が苦笑する様が窺えた。

「ただ、それがし、七郎右衛門様に一刻も早くお目通りしたいが」

「気持ちは分かるが、今は丑《うし》の正刻（午前二時頃）にござるぞ。小諸城までは三里（約十二キロ）強もある」

敷島の言葉の通りで、余震が続く月の無い道を夜を徹して歩くのは大変に危険だ。土石流に遭ったり、大木が倒れてくるやも知れない。北国街道が寸断され、通れないことも十分に考えられる。

しかし、徳川の物頭として、茂兵衛はどうしても、石垣や城門が崩れて丸裸な戸石城の現状を、直接の上役である忠世に報告せねばならなかった。忠世は「城が混乱しているうちに、攻め落とそう」と考えるやも知れないからだ。

（や、まてよ）

ここで、徳川の物頭とは別人格の、植田村の茂兵衛が心中で声を上げた。

（もしそうなったら、おそらく、あの状態の戸石城はひとたまりもねェ。七郎右衛門様に攻め落とされる。負け戦の恨みがあるから、城兵は皆殺しにされるぞ。俺ァ、源三郎様から受けた御恩を仇で返すことになる……）

なぞと考えているところに敷島が口を挟んできた。

「小諸城へは、拙者の方から報せるゆえ、悪いことは申さぬ。暫時《ざんじ》、この場で御休憩あれ」

「そ、それでは、お言葉に甘えまして」

敷島の好意に寄り掛かることにした。戸石城の現状報告は、明日以降に延ばせる。源三郎も少しは備えができるだろう。

（俺ァつくづく、駄目家来だよなァ）

と、徳川の物頭としての茂兵衛は、軽い自己嫌悪に陥った。

二

翌朝、敷島から借りた馬に乗り、同じく敷島から貰った古い直垂《ひたたれ》を着て、茂兵衛は小諸城へ向け、北国街道を東へと進んだ。前方やや左に、噴煙を上げる浅間《あさま》山《やま》がずっと見えている。火口までは、ざっくり五里（約二十キロ）ほどだろう。

「いつもより噴煙が多いような気も致しまするが、地震と噴火、なんぞ関係があるものでしょうか？」

馬の横を歩いていた清水富士之介が、不安そうな顔で茂兵衛に訊ねた。

「ま、どちらも地べたの下のことだから、なんぞ繋がっておるのやも知れんな」

そう茂兵衛が答えると、富士之介はやや不満顔になった。

「どうした？」

郎党の不満顔を見咎めて、茂兵衛が質《ただ》した。

「手前が申しましたのは、天意と申しますか、天罰と申しましょうか……その手の繋がりにございまする」

「ああ、なるほど。その手のね」

徳川や真田の行いを叱るために、天が浅間山を噴火させたとも、地震を起こしたとも茂兵衛は考えない性質である。

「ま、天や神仏がからんでくれば、人が気に病んでどうこうなるものでもねェわ。それが天災というものだがや。な、伍助よ？」

茂兵衛が呑気に答え、馬の背後を歩く依田伍助を笑顔で顧みた。

「さ、左様でございますなァ」

鼻の曲がった家来が、引き攣《つ》った笑顔を向けた。

伍助は、土牢の中で大変な心配性であることを露呈した。一人気に病んでいる分には無害だが、不安を口にするので狭い土牢の中では仲間に気鬱が伝播《でんぱ》し、全員の士気を下げてしまいかねない。茂兵衛は幾度か厳しく叱責したものだ。

昨夜の地震は、佐久《さく》地方にも大きな被害をもたらしていた。倒木が街道を塞ぎ、山の斜面が崩れ、川の流れを変えていた。多くの寺や民家が倒壊している。

集落の者たちは三々五々に集《つど》い、焚火で暖を取りながら、我と我が身の不幸を嘆く者あり、黙って俯《うつむ》き己が足元を見つめる者あり、中には、街道を通る茂兵衛たち一行に向かって聞こえよがしに早急なる救済策の必要性を説く者までいた。

佐久地方は徳川の版図の一部である。農村の復興や、被災民の救援は、小諸城の大久保忠世の責務のはずだ。

(信州《しんしゅう》惣奉行だと、威張ってるだけが能じゃねェわな。七郎右衛門様、腕の見せどころだがね)

忠世の団栗眼《どんぐりまなこ》を思い出しながら、内心で皮肉を言っていた。

神川東岸の陣地を発《た》って、北国街道を一里（約四キロ）ほど東へ進んだ。源平合戦の折、木曾義仲《きそよしなか》が挙兵した場所と伝わる海野《うんの》を過ぎた辺りで、小諸の方角から四騎の騎馬武者が、馬を急《せ》かせてくるのが望まれた。

遠目にも、誰だかすぐに分かった。

大久保彦左衛門、松平善四郎、横山左馬之助、木戸辰蔵の四人だ。現在、小諸城に駐屯している身内たちだ。神川陣地の敷島が、夜明け前から茂兵衛の帰還を小諸城に伝えており、それを聞いた四人が待ちきれずに出迎えにきてくれたものと思われた。先頭を走る彦左が、鐙《あぶみ》を踏ん張って伸び上がり、大きく手を振っている。

懐かしさと嬉しさが高じ、茂兵衛も手を振り返し、鐙を蹴った。鞍上《あんじょう》で振返れば、富士之介以下の三人の家臣も笑顔で駆け出している。そんな中、花井一人だけが馬を止め、項垂《うなだ》れているではないか。

（たァけが……野郎、先の心配をしとるんだな。辛気臭ェ奴だわ）

三月《みつき》前、神川の戦いで、負傷した花井は茂兵衛に助けを求め、結果的に上役を窮地に陥《おとし》れてしまった。小諸城へ戻っても、彼の行動は非難される可能性がある。そのことを苦慮して、出迎えてくれた仲間の許へと素直に駆け寄りづらいのであろう。

(花井の野郎は、今後も色々と大変だァ。や、俺だってそうだ。なんと言われるか分かったもんじゃねェ)

一人の寄騎を救うために、茂兵衛は「鉄砲隊の指揮を放棄した」とも言えるのだ。下手をすると、役目の過怠を問われかねない。

「お頭《かしら》!」

彦左が、馬を乗り捨てて走り寄った。茂兵衛も馬から飛び降りた。

「兄者!」

「茂兵衛!」

様々な懐かしい声が茂兵衛を包み込んだ。

皮肉屋で冷静な左馬之助以外の三人は、赤く目を泣き腫《は》らしている。普段、人前で辰蔵は、茂兵衛のことを「お頭」とか「植田様」とか立てて呼ぶのだが、今はそんな配慮は吹き飛んでしまい、彦左や善四郎と一緒になって、茂兵衛の肩や背中をポンポンと叩きながら「茂兵衛」「茂兵衛」と涙声で連呼していた。

「お頭」

茂兵衛と彦左、辰蔵、善四郎の感極まった場面からやや距離を置き、冷静に眺めていた左馬之助が、茂兵衛に呼びかけた。

「こんな時に無粋だとは思いまするが……小諸城に戻れば、お頭は、色々と面倒なことになりまするぞ。花井も只では済みません」

「なぜだ？　左馬之助、花井がなにをした？」

左馬之助の言葉は予想していたが、ここは惚《とぼ》けてみせた。

「それが、お頭……」

彦左がすまなさそうな顔をして、茂兵衛に囁いた。

「兄貴は最近変なんですよ。歳の所為《せい》だと思うのですがね。妙に興奮しやがる。融通が利かねェ」

彦左の兄である忠世は、当初茂兵衛が「寄騎を庇って討死した」との報せに、涙を浮かべて「奴らしい」と、その死を悼んでいたそうな。しかし、昨夜「生きて戻ってきた」との報せを受けると態度を一変させた。鉄砲隊の指揮を放り出し「寄騎の救出に向かうなど言語道断」と言い出したのだ。

（あらま、俺の予想通りだがね）

茂兵衛は心中で嘆息を漏らした。

小諸城に生還した茂兵衛主従は、当初こそ大歓待されたのだが、やがて現実を思い知らされることになった。もうすでに鉄砲隊は、新しい頭を戴いており、足軽大将としての茂兵衛の居場所は無くなっていたのだ。新任の足軽大将は、やはり大久保家の郎党で、忠世の側近とも呼ばれた鈴木孫左衛門《すずきまござえもん》という壮年の武士である。

（またしても大久保党かい……相も変わらず七郎右衛門様、手前ェ《てめ》の勢力拡大に余念がねェなァ）

茂兵衛としては、若干残念ではあったが、これはこれで仕方がない。五十挺からの鉄砲と、熟練の射手、有能な寄騎が揃っている鉄砲隊は、東信濃地方の徳川勢にとって枢要な戦力である。その指揮官を、わずかな時間でも空席にしておいていいはずがない。

で、その場合に、忠世が「気心の知れた己が股肱《ここう》」を抜擢《ばってき》したとしても、情実人事と非難することはできないだろう。鈴木は、若い頃から忠世に仕えた苦労人だし、愛想がよく、悪い噂は一切聞かない。鉄砲隊を預けるのには、願ってもない人材である。

（ただ一点だけ気に食わねェのは……七郎右衛門様が、俺が生きていると知った

途端に態度を変えたってとこだよなァ)

おそらく変節の理由は、鈴木孫左衛門の鉄砲大将任命と無関係ではあるまい。家康が任命した茂兵衛が死んだから「鈴木を据えた」のはいい。でも、生きていたなら、茂兵衛が——なんぞ失態でも演じていない限り——鉄砲大将として復職するのが筋だ。しかし、鉄砲大将の座を子飼いでない茂兵衛に戻すつもりがない忠世は、急に茂兵衛の指揮官としての資質に難癖をつけ始めたとも読める。

(七郎右衛門様は、大久保党の強化のために、俺を潰すつもりか……糞ッ、そういうことなら、こちらも、剝《む》かんでもええ牙を剝かざるをえんわなァ。どうせ神川で一度死にかけた身だ。怖いものなんぞあるもんかい)

そう覚悟を決めて、花井を呼んだ。

「おい花井、惣奉行様にお会いする前に、ちょっと口裏を合わせておこうや」

「はい、如何致しましょう」

「三月《みつき》前の神川でのことだ。なにも大嘘をつけとは言わねェ。ただな……」

と、一言二言、耳打ちした。

「恥ずかしながら植田茂兵衛、只今帰参致しましてございまする」

小諸城の本丸御殿――茂兵衛は花井庄右衛門とともに、上座の忠世に向かい平伏した。

「や、よう無事に戻ったのう。我がことのように嬉しく思うぞ」

「ははッ」

平伏しながら心中では「こら団栗眼、まるで大名気取りだな」と腐していた。

「積もる話もあるのだが、その前に一つだけ、きちっとしておきたいことがある」

忠世が、笑顔で茂兵衛に語り掛けた。

「おまんが、神川で討死したものとワシは思っておった。鉄砲大将の欠員を放置はできんから、おまんもよう知っておる鈴木孫左衛門を後釜に据えた。その点、おまんに異存はあるまいな？」

「異存にございまするか？」

「ほうだら、異存はねェな？」

忠世が声色を硬くした。

「異存も何も、それがし家康公の御下命により鉄砲大将を務めておりましたのみにて、殿が退けと仰れば退きまするし、退くなと仰れば……」

「この信州では、ワシが殿の名代《みようだい》じゃ」

忠世が茂兵衛の言葉を遮《さえぎ》った。笑顔は消え、明らかに苛立っている。忠世が家康の名代であることは確かだろうが、茂兵衛を鉄砲大将に据えたのが家康であることもまた事実なのだ。茂兵衛と鈴木を独断で交代させるなら、忠世にはそれ相応の理由や根拠が必要になってくる。

「そもそも、おまんの神川での振る舞いには疑義がある。鉄砲大将としての資質に疑問が残る……そのようにワシは思っておる」

「と、申されますと？」

「そこの花井とか申す寄騎を救うため、持ち場を離れ、鉄砲隊を放棄したそうじゃのう。明らかに鉄砲大将失格ではねェのか？」

「それは事実と違いまする」

「どう違う？」

忠世は団栗眼を剝いた。

「あの折、それがしの鉄砲隊は、神川の西岸で殿軍《しんがり》を務めておりました。惣奉行様が率いる徳川勢が渡渉し終わるのを見て、安堵致しましたが、我が鉄砲隊は西岸に孤立し、敵に囲まれたのでございます。あまつさえ、弾丸と火薬が払底《ふってい》し、万事休す。そこで、それがしは手立てを講じて花井に伝えました。窮余の一策にござる」

　そこまで言ってから、ここで花井をチラと見た。

「手前は――」

　花井が、茂兵衛の合図に気づき、事情を説明し始めた。

「お頭から、唐冠《とうかん》の兜《かぶと》に猩々《しょうじょう》緋《ひ》の陣羽織を着た若武者が敵将真田源三郎であるから『見つけ次第、報せよ』と御下命を受けましてございます」

　花井が、嘘を淀みなく語った。上出来である。あの折、そんな命令は一切出していないが、自分と花井の立場を守るためには、つかざるを得ない嘘だ。

「軍勢同士で戦っても勝ち目はなく」

　花井の名演に励まされて、茂兵衛が説明を引き継いだ。

「ここはそれがしが一騎駆けし、敵将と刺し違える。真田源三郎は真田家の嫡《ちゃく》男にござれば、真田衆は必ずや動揺しましょう。その隙に、我が鉄砲隊に神川を渡《なん》らせる策にございました」

「拙者は……」

　花井が、さらに続けた。

「腰に銃弾を受けましたが、見れば唐冠に猩々緋がこちらへ進んでくる。そこで植田様を声を限りに呼んだのでございまする」

「待て。おまんは敵弾を受け、動けなくなり、茂兵衛に助けを求めたのではねェと申すのか？」

と、忠世が疑いを挟んできた。

「然《さ》に非《あら》ず。真田源三郎がいた旨を、お頭にお伝えしました」

「嘘を申せ。ならば何故、敵将に突っ込む茂兵衛が、おまんの体を担いだのか？動きは鈍くなる。両手は使えない。敵将との一騎打ちには不利なのではねェか」

「それは……弾避けにござる」

平然と茂兵衛が言ってのけた。

「アホらしい」

忠世が苛々と横を向いたが、委細構わず茂兵衛は続けた。

「それがし、姉川《あねがわ》以来、味方の骸《むくろ》を弾避け、矢避けに幾度も使わせて頂き、結果、今もこうして生き永らえてござる」

この話は本当だ。矢は勿論、鉄砲の弾でも、よほどの至近距離から撃たない限り、甲冑《かっちゅう》を着た人の胴体を貫通し、背後の者を殺傷するまでの威力はない。つまり、身の隠し場所がない野戦において、人の骸、就中《なかんずく》、身近に転がっている味方の骸は、またとない掩体《えんたい》となり得るのだ。

「しかし、花井は骸ではねェ。現に、こうして生きておるではねェか?」

「その折は、死んだと思い申した。声をかけても返事はないし、ピクリとも動かないし、脇腹から血は流れているし」

傍らで、花井が盛んに頷いている。

「たァけが……」

忠世は、忌々しげに呟き、腕を組み、天井を見上げて押し黙った。やがて——

「な、茂兵衛よ」

忠世が、身を乗り出し、声を潜めて言った。いつの間にやら、柔和な笑顔に戻っている。

「はッ」

「おまんの言い分はよう分かった。間違って欲しくはねェのだが、ワシは別段、おまんの瑕疵《かし》をあげつらおうとは思っておらん。そこは分かってくれ」

「ははッ」

「おまんの振る舞いに辻褄が合って、理屈が通れば、お咎めなしは当然じゃ」

「はッ」

「で、おまんに罪科がなく、鉄砲大将に返り咲いたとするわな。でも、ワシは上役のままだぞ。ワシは執念深く、我が大久保家の郎党を要職につけんと狙っておる。おまん、ここまで関係が拗《こじ》れた上役の下でも、鉄砲大将を続けたいか？」

「………」

返事のしようがない。

「ここは機嫌よう鈴木に譲り、おまんは反りの合わねェワシの下から離れろ。そうしてくれれば、ワシは浜松への報告でも悪《あ》しゅうはせん。二俣城《ふたまたじょう》以来長く共にやってきたが、ええ機会だら。そろそろ別の道を歩んだ方が互いのためだとは思わねェか？　おまんは、少し休んだ方がええよ。浜松で、女房でもしゃぶって骨休みせい」

しばらく無言で考えた後、茂兵衛は深々と一礼した。

任命権者はあくまでも家康公だと、徹底して粘ることも考えたが、この辺が落としどころ、引き際だろう。

源三郎に続いて、忠世からまで「骨休み」を勧められてしまった。ま、それも悪くない。

三

大久保忠世に促され、花井と共に浜松へ帰ることになった。

なにせ厳冬期である。蓼科山《たてしなやま》を越す雪深い道は避けることにした。遠回りにはなるが、八ヶ岳《やつがたけ》の東山麓を巻く佐久甲州往還《こうしゅうおうかん》（現在の国道一四一号）なら、なんとか歩けるそうだ。樫山《かしやま》（現在の清里）を抜け、赤岳《あかだけ》を右に見ながら信玄棒道《ぼうみち》を通って諏訪《すわ》の茅野《ちの》に出る。あとは通い慣れた高遠《たかとお》から、懐かしの高根城《たかねじょう》を経て二俣に至る山間《やまあい》の一本道を抜けて浜松に至る。全長六十里（約二百四十キロ）、順調にいっても十日以上かかる大旅行だ。

長旅の準備をする茂兵衛に、忠世は大層気を遣ってくれた。茂兵衛と花井が乗る駿馬を二頭、さらに路銀として銭十貫文（約百万円）を奮発してくれたのだ。

（七郎右衛門様、やけに気前がええじゃねェか）

忠世と茂兵衛の関係がギクシャクし始めたのは、昨日今日のことではない。三年前の天正《てんしょう》十年（一五八二）、徳川が新たに駿河《するが》、甲斐《かい》、信濃《しなの》を切り従え、忠世が信州惣奉行に補任されて以降のような気がする。それが今回の大盤振る舞いだ。どういう風の吹き回しであろうか。

（へへ、俺を浜松に追い払うのはええが、あっちで殿様にあることないこと喋られたら堪《たま》らんとでも思ったのかなァ。たァけが……俺ァそこまで陰険じゃねェわ）

自分にその手の狡猾《こうかつ》さがあったなら、もう少し出世していたかも知れないが、同時に、平八郎や彦左、善四郎、辰蔵、左馬之助のような善き朋輩《よほうばい》には恵まれていなかっただろう。真田源三郎は命を救ってくれなかったかも知れない。人生、なにが幸いするやら分からない。

天正十三年（一五八五）十二月五日は、新暦に直せば翌年の一月二十四日にあたる。小雪混じりの北風が吹く寒い朝であった。

「兄者」

見送りの列から善四郎が歩み寄り、油紙の包みを差し出した。彼も次の正月がくれば三十だ。今や立派な髭など蓄えて、押しも押されもせぬ徳川の足軽大将である。

「これ、皆から……唐辛子《なんばん》と熊胆《ゆうたん》にござる」

「や、これは有難い」

蓼科越えほどの雪はないが、佐久甲州往還も標高が高いだけに大層冷え込む。

唐辛子は手足の指先に挟めば凍傷を防ぐし、熊胆は万能薬で元気の素だ。

茂兵衛は、義弟や仲間たちからの餞別《せんべつ》を有難く頂戴した。

「兄者が討死したと、文で姉に報せたのは拙者です」

と、顔を寄せた善四郎が声を潜めた。

「姉も武人の妻だ。覚悟はしておったでしょうが、しばらくは寝ついたらしい。労《いたわ》ってやって下され」

「心得ました。皆に心配をかけたからなァ」

「なに、無事に帰って来られたんで、すべて帳消しですよ。皆、喜んでる」

と、小柄な義弟が明るく笑った。

騎馬の茂兵衛と花井、徒士の富士之介と仁吉の総勢四人は、善四郎以下、わずかな朋輩に見送られて小諸城の大手門を潜った。

ただ一人だけ、依田伍助の姿は見えない。彼は、植田家の郎党を辞め、小諸の富裕な農家の婿になる道を選んだのだ。

「手前には、武家奉公より、田畑を耕す方が性に合っているように思うのです」

と、茂兵衛の前で頭を下げた。土牢の中でずっと考えていたそうな。

「おまんは俺の命の恩人だァ。これからも一緒に頑張っていこうと思っとったが、ま、あの娘は別嬪《べっぴん》だから、あまり無粋なことも言えねェわなァ。もし舅《しゅうと》殿に嫌われて追い出されたら、いつでも浜松に戻って来いや。ええな」

「へ、へいッ……有難うございます」

と、曲がった鼻を床に擦り付けて若者は泣いた。

総勢四人に数を減らした茂兵衛一行は、ひっそりと浜松へ向かって歩き始めた。小諸からは、しばらく千曲川を遡《さかのぼ》って南へ下る。寒い。寒さが侘しさを募らせていく。野辺山原《のべやまのはら》（現在の野辺山高原）までは、しばらく緩々とした上り坂が続いていた。

初日は頑張って、七里半（約三十キロ）を歩き、野辺山原の手前の農家に一泊した。当時は一旦、野辺山原に上ってしまうと、田畑も人家もない。原野の中を佐久甲州往還が南北に貫いているだけの寂しい土地であった。そんな場所で野宿などしたくないから、旅人は前夜、台地の麓《ふもと》の民家に泊まり、翌日は陽のあるうちにサッと無人の荒野を通過してしまうのが常であった。

翌朝は好天だったが、わずかに風があり、その分一層冷え込んだ。雪はさほど積もっていないが、路面が凍結しており、ゴツゴツとした石だか土だかが、草鞋《わらじ》の下から足の裏を容赦なく突き上げた。

「おい仁吉、足袋《たび》の爪先に唐辛子は入れとるな？」

「へいッ」

「忘れると、指が凍えて腐るぞ」

馬上から振り返り、茂兵衛が従僕に声をかけた。凍傷は怖い。茂兵衛は、指先が黒く変色し、最後は指が脱落した足軽を幾人か見ている。

野辺山原を下り、翌日は八ヶ岳の南麓を大きく巻いて、信玄棒道に出た。八ヶ岳の南峰が大きく崩れている。先月末の地震で、斜面の一部が崩壊したようだ。心なしかその崩落面が赤い。地元で赤岳なんぞと呼ばれる所以《ゆえん》であろうか。

諏訪に向かい棒道を歩いているとき、前方から錫杖《しゃくじょう》を突き、編み笠を被った旅の僧がやってきて、茂兵衛一行とすれ違った。

「おい」

僧侶が茂兵衛を呼び止めた。

（糞坊主が……「おい」とはなんだら？　無作法な野郎だ。一つ礼儀を……お、おまん！）

足を止めた僧侶が笠の縁を持ち上げ、こちらを見て笑っている。

「は、八兵衛ではねェか！」

三河野場城《のばじょう》での籠城戦以来、二十年の腐れ縁、徳川家隠密の元締め、一応は朋輩だが信用も置けない乙部八兵衛だ。

「ハハハ、茂兵衛、よう生きとったな」

茂兵衛は馬から飛び降り、乙部に駆け寄った。

「おまん、その形《なり》……出家したのか？」

「たァけ。変装だら」

そう言いながら、乙部は茂兵衛の肩や背中を嬉しそうにポンポンと叩いた。そう言えば、彦左や辰蔵も同じように茂兵衛を叩いて再会を喜んでいた。一旦は死んだと思った朋輩が、生きていることを「確かめるために叩く」そんな心境かも知れない。

「坊主なんぞの格好で、どこに潜入する気だ？」

路傍の大石に腰かけて、茂兵衛と乙部はしばらく話し込んだ。凍った石が尻を冷たく刺す。

「まずは真田さ。上田城下に住まわせとる配下の話を聞く。その後は北へ行く」

さすがは乙部、間者を上田城下に潜行させているらしい。

「上田の北へ？　越後《えちご》か？」

「や、もう少し北だ」

「越後の北？　海だがね」

「たァけ。奥州《おうしゅう》じゃ。会津《あいづ》の小僧を見てくるのよ」

乙部が言う「会津の小僧」とは、この年ようやく一九歳になったばかりの伊達《だて》政宗《まさむね》のことだ。佐竹《さたけ》や畠山《はたけやま》、蘆名《あしな》と抗争しつつも、奥州の中央部にドンと盤踞《ばんきょ》し、今や百万石以上を支配下に置いている。

「殿様ァ、伊達を攻める気か？」

「たァけ、逆じゃ。攻めるのではねェ、組む気だがや」

家康は、同盟者として伊達を見ているらしい。秀吉は近々、奥州にも惣無事令を出すだろう。惣無事令が出ると戦《いくさ》が出来なくなる。若い当主の下、旭日昇天の勢いの伊達としては、これからというときに戦を禁じられては困るはずだ。そこで、徳川と北条が秋波を送れば、靡《なび》いてくる可能性がなくもない。徳川と北条と伊達が、東国同盟を結べば、五百万石の一大勢力となる。秀吉とも互角に戦える。家康としては、憎《にっく》き真田昌幸の動静とともに、今最も情報が欲しい相手と言えた。

「おまん、伯耆守《ほうきのかみ》様の寝返り、聞いておるか？」

乙部が質した。

「ああ、真田安房守《あわのかみ》が、わざわざ土牢にまで報せにきてくれたわい」

「どう思った？」

「そりゃ、おまん、裏切りは好かんがね」

乙部は、花井たちが十分に離れているのを確認し、さらに声を潜めた。

「ありゃ、裏切りではねェ。伯耆守様は、間者として大坂《おおさか》に行ったのよ」

「まさか。偽装だってのか？」

「ほうだがや」

「……で、でも」

思い当たる節が多過ぎて、反論の言葉が上手く出てこない。

政治に疎い茂兵衛にでも分かる。伯耆守が大坂城内にいれば、徳川としては相手の手の内を見ながら博打《ばくち》をうつようなものだ。断然有利になる。そして、あの忠誠心の強い高潔な人物が「敵側に寝返った」という茂兵衛の中での違和感も払拭《ふっしょく》できる。つまり、辻褄がピタリと合うのだ。

別れ際、乙部は「伯耆守様の件について口外するな」と幾度も念を押した。

「義弟にも、平八郎様にも、女房殿にすら言うな。もし、このことが大坂方に漏れれば、秀吉は伯耆守様を殺すだろうからな」

「それはえらいことだがね……でもよォ。どうしておまん、そんな危ない話を俺に漏らした？」

「そりゃ、朋輩だからよ」

「たァけ」

それをいうなら、茂兵衛にとって、平八郎も彦左も辰蔵も左馬之助も朋輩だ。

「ま、これは俺の勝手な見立てなのだがな……」

乙部は上機嫌で明かした。

「たぶん殿様はおまんを使うよ。傍近くに置く。その時、伯耆守様の件は知っておいた方が都合がええと思うてなァ。だから言った。回らん頭でくどくどと考えねェことだ。じゃあな」

と、乙部はその場から立ち去りかけたが、すぐに戻ってきて言った。

「おまんはガキの頃から、二十年も戦場暮らしを続けてきた。少しは畳の上で骨休みでもせい」

それだけを言い残して乙部は歩き出した。源三郎、忠世に引き続き、乙部からまで「休め」と言われてしまった。茂兵衛は、乙部の法衣が風に揺れるのを、いつまでも見送っていた。

天正十三年(一五八五)十二月十八日の夕刻——結局、十四日をかけて茂兵衛一行は浜松へと辿り着いた。南面する大手門の前で馬を下り、本丸へと続く榎《えのき》門《もん》を目指して歩く。見る限り、浜松城に地震の影響は感じられず、茂兵衛は安堵して胸をなでおろした。

(この分なら俺の屋敷も無事だろうさ。もう少し西の方が揺れたようだな。ちょうど秀吉の領地だ。へへへ、ざまを見ろ)

城内を行き来する老若男女《ろうにゃくなんにょ》の多くが、足を止めて茂兵衛一行に注目した。幾人かは笑顔で会釈してくれたが、中には「生き返った死人」を見るような好奇の目を露骨に向けてくる者もいた。

(俺は討死したと、城内には相当広まっていたようだな。別にあの世から舞い戻ってきたわけじゃねェさ。俺は確かに生きてる。毎日ちゃんと、糞も屁もしてるんだ)

そんなことを考えているうちに、榎門を過ぎ、鉄門の前まで来てしまった。左手上方から菱櫓《ひしやぐら》が見下ろしている。

「花井、おまんはここでええ。本丸へは俺が一人で行く。早くお袋様に元気な面ァ見せてやれや」

旅から帰還した家臣は、まず政庁である本丸御殿へ上り、下知を受けてから己が屋敷に戻るのが心得だ。ただ、茂兵衛の場合、物見や使いに出たのでもなければ、なにか重要な情報を持ち帰ったわけでもない。本丸に報告に上がるのは形式上の必要であり、すぐに解放されるはずである。わざわざ花井を連れて行くまでもないと判断したのだ。

案の定、本丸御殿では「巳《み》の正刻（午前十時頃）に再登城せよ」と言われて追い返された。これで大手を振って屋敷に戻れる。

今年の四月五日に、家康に率いられて浜松を発って以来、八ヶ月ぶりの我が家である。門前から眺める分には、屋敷は地震の被害を受けていない。改めて安堵した後、初めて懐かしさが込み上げてきた。

ただ、あの日は茂兵衛も百人からの足軽を率い、「田」の前立《まえだて》の桃形兜《ももなりかぶと》を被り、雷の鞍上で意気揚々と城門を潜ったものだ。それが今では、お役を解かれ、従者を二名のみ連れ、甲冑は剝《は》ぎ取られ、愛馬は死なせ、まさに「尾羽《おは》打ち枯らし」て屋敷の門前に佇んでいる。

（命が無事で、五体満足で帰れただけでも僥倖《ぎようこう》だがね。ナンマンダブだァ）

門扉《もんぴ》は大きく開かれていたので、そのまま邸内に入ろうとした刹那、門柱の脇から小さな影が、旋風《つむじかぜ》の如くに駆け出してきて、茂兵衛の脚に抱きついた。

綾乃だ。

「よお、綾乃」

「もへえ……」

涙声だ。そして次に、もう少し大きめの旋風が――今度は寿美だ。妻が茂兵衛の首に飛びついた。

「綾乃がおらんかったら、私はお前様の後を追って死んでいた。生きているなら生きていると早く言って下され！　本当にこんなことは困るから。大体……」

茂兵衛の分厚い胸板に顔を埋《うず》め、不平不満、恨み言を延々と並べた。

「そ、そりゃ、すまんかったなァ。今後ァ気をつけるから」

下の方では小さな綾乃が「もへえ、もへえ」と繰り返している。

ようやく家に戻った実感が、沸々《ふつふつ》と湧いてきた。

その夜、植田邸では、奉公人を含めて「主人の生還を祝う宴《うたげ》」が催された。

丑松が駆けつけてきて、迎えに出た茂兵衛の顔を見るなり玄関にペタンと座り込み、しばらく号哭《ごうこく》していた。

辰蔵の留守を守るタキも、三歳になった松之助を連れてやってきた。我が子の成長を見るのは嬉しくはあったが、寿美の前では、あくまでも「甥」である。大いに緊張した。松之助は物静かな子で、狂騒の様子はない。顔は綾女に似て目鼻立ちが整っている。三歳にしては、箸を上手に使い煮魚を綺麗に食べている。ひょっとして、知能の高さを示しているのかも知れない。親の欲目だろうか。

「兄《あに》ィ」

酔った丑松が、しな垂れかかってきて肩を組み、また涙を拭った。

「拙者、殿に言ったんだ。兄ィが生きて帰ってきたってよォ」

丑松は平八郎の家来である。丑松が「殿」と言うときは、家康ではなく本多平八郎を指す。

「ほんで？　平八郎様ァなんと？」

「ほうか、ってそれだけよ。冷てェじゃねェの……なんの興味もねェのかなァ」

「ま、仕方ねェわ、ハハハ」

弟を悲しませたくはないので明るく応えたが、本音では少し寂しかった。殴られたのも事実だし、その後は付き合いがなくなっている。それでも、心のどこかで平八郎とは繫がっているような淡い期待が——ま、未練であろう。

「ん？」

物音がした。庭だ。庭に人の気配がする。茂兵衛は、ソッと左腰の脇差を握り締めた。

その時、障子が無作法にガラリと開いた。庭の冷気が容赦なく、人いきれの室内に流れ込んでくる。

黒い大男がズカズカと押し入ってきて、茂兵衛に抱きついている丑松の襟首を摑み、乱暴に放り出した。誰もが喋るのを止め、呆気に取られ眺めている。綾乃が寿美の背中へ隠れた。松之助は箸を止め、大口を開けて見上げている。大男は膝をついて身を屈めると、茂兵衛をひしと抱きしめた。

「よう生きて帰った。嬉しく思うぞ」

本多平八郎が、呻くように言った。

一年前の天正十二年（一五八四）十二月、浜松城の大広間《たまり》で殴られて以来のわだかまりが、すべて溶解していく。不覚にも、茂兵衛の両眼から涙が溢れ出した。

最近の茂兵衛は、よく泣く――年齢の所為か。

四

天正十三年（一五八五）十二月二十日。家康と秀吉は、和睦に合意した。

浜松城の書院で、爪を嚙《か》みながら家康は考えた。

（ワシにとって、この和睦は秀吉との外交ではねェ）

むしろ国内問題であった。自分は、大坂方との力量の差を冷徹に比較検討し「最後には負ける」「結局、勝てない」との結論をすでに得ている。だから自分の中では、端から大坂との和議以外に選択肢はなかったのだ。

ただ、これを強引に進めると、自分の徳川家内での最も強固な支持基盤が揺るぎかねない。ほとんど唯一の手駒である旗本先手役《はたもとさきてやく》の侍大将衆が、徹底した対大坂強硬論者で占められているのだ。家康は「己が拠って立つ地盤の動揺」を極度に恐れていた。

状況は六年前の「信康切腹《のぶやすせっぷく》」時と酷似していた。あれは「徳姫《とくひめ》の讒訴《ざんそ》状に信長が激怒した外交問題」と捉えられがちだが、自分が愛する長男に死を与えざるを得なんだ最大の理由は、浜松衆と岡崎《おかざき》衆の確執——いわば、徳川の内輪の話だったのである。

(ワシを五ヶ国の太守たらしめたものは、家臣どもの武威と忠義だわ。ここに異論はねェ。一方で、ワシを最も悩ませるものが、この臍《へそ》を曲げやすく、余所者とは打ち解けぬ、意固地な家来どもであるのもまた厳然たる事実だがね)

そして、今ここに、その三河者の権化のような男がいる——

「大坂に殿が行けば、必ずや秀吉めは殿を殺す」

本多平八郎忠勝《ただかつ》である。

「平八郎殿、それは杞憂《きゆう》じゃ」

本多弥八郎正信が反論した。

「杞憂だと？　弥八郎殿、ワシは根拠を挙げることもできるぞ」

「ほう、ゆうてみりん」

「そもそもがだなァ」

平八郎は、滔々《とうとう》と「秀吉が家康を殺す根拠」を主張し始めた。上座の家康は苛々と爪を嚙みつつ、最も信頼する智将と猛将の激論に耳を傾けている。

「なにしろ、殿にあっては跡継ぎの若様方がまだお若い。弟御もおられない。殿お一人を殺せば、徳川家百八十万石は、即座に求心力を失う」

ま、百八十万石は、なんぼなんでも盛り過ぎだろうが、家康の倅《せがれ》たちが皆若年なのは事実だった。天正十三年（一五八五）の当時、生存する家康の男子は四人だ。秀吉の養子に入った秀康は十二歳。跡継ぎと目される長松《ながまつ》（後の秀忠《ひでただ》）は七歳。東条《とうじょう》松平を継いでいる福松丸《ふくまつまる》（後の忠吉《ただよし》）は六歳。綾女が乳母を務め、後に武田家を継ぐ万千代丸《まんちよまる》（後の信吉《のぶよし》）に至ってはまだ三歳だ。平八郎が憂うる通り、家康さえ殺せば、徳川の次期当主は幼君となる。

「このこと、秀吉めにとって、殿を謀殺する大きな動機となりはしませぬか？」

「そこは分かるが……」

正信が反論する。家康の爪を嚙む勢いが強まる。

「ただ目下、秀吉めは天下を狙っておる」

「分不相応にな」

平八郎がチャチャを入れた。

「ま、そうかも知れん。ただ、狙うからには天下人としての威徳を損ねるような振る舞いは慎むはずじゃ。和睦のため、わざわざ大坂へ上った大名を謀殺などしてみろ。卑怯、残虐の誹《そし》りを免れまい。ひいては天下人としての器量を疑われかねない。秀吉はそんなたァけた真似は致さんと思うぞ」

「殿を押し囲んで刺し殺した上で、『卒中で急死した』とでも公言するわな。浮いた百八十万石を気前ようばら撒けば、誰も文句は申しますまいよ」

「そ、それは……」

一瞬、正信が言い淀む。

(たァけに言い負けるな、この大たァけが)

と、家康は内心で舌打ちし、正信を険悪な目で睨みつけた。

「こら、平八」

「ははッ」

たまらず家康自身が議論に割って入った。

「我が采地の百八十万石は盛り過ぎじゃ。百四十四万石が精々よ」

「ああ、左様ですか」

平八郎は惚けている。盛り過ぎは百も承知で言っているのだ。座に空疎な沈黙が流れた。ややあって——

「殿、続けて宜しゅうござるか？」

「続けい」

平八郎は一礼したのち、話を再開した。

「秀吉は地震で弱り切っている。今こそ上方に兵を出し、秀吉めを討ち取る好機と存じまする」

と、激しく迫り、家康を困惑させた。

夜郎自大《やろうじだい》とも言える平八郎の言説だが――

（恐ろしいことに、この手の強硬意見は大なり小なり、徳川内部の空気を代弁しとるんだわ。とんでもねェことだがね）

このある種の愚かさ、頑迷さは、何処からくるものか――家康は考えた。

実は、この時代の情報は「極めて高価」だったのである。

隠密の組織を保ち、有為な指揮官を据え、莫大な活動費を与えて初めて、他国の情報はもたらされた。

（それが出来るのは誰か？　ふん、城持ち以上の領主に限られるわな）

それ未満の武士と庶民たちは、流れてくる商人や旅芸人から「噂話」を聞く程度で、他国を推し量るしかなかったのである。

（商人どもは、決して客の耳に痛い話はしねェもんよ。徳川領《うち》で商いをしようと思う商人ならば、徳川を持ち上げ、大坂方を腐すのは当たり前だがや）

「あんな秀吉づれ、昨日や今日の出来星にございまする」

「配下のお大名衆も、陰では『猿、猿』と軽んじておりまする」

「三河守様の御威光で、あの尾張《おわり》の土民に牛耳られた畿内《きない》を、取り戻して頂きたく思いまする」

「京《きょう》では公家衆から古着屋の小僧に至るまで、誰もが三河守様の御上洛を今か今かと待ち望んでおりまする」

――なんぞと煽て台詞《ぜりふ》を並べれば、徳川領の人々の機嫌はよくなる。

（財布の紐も緩むわな。その話を下僕や女中から聞いた奥方《うち》は喜び、亭主に話す。その亭主が登城し大広間での評定に臨むのや。徳川の大勢が「打倒秀吉」に傾く所以だがね）

と、家康は辟易し、指先で月代の辺りを掻いた。

因みに、かくも他国の情報が限られた三河衆の中にあって、茂兵衛が対秀吉戦に消極的だったのには理由がある。

一つは、鉄砲大将という職分だ。

鉄砲隊は「数量」で優劣が決まる。鉄砲と射手の数、弾丸、火縄、火薬の補給がすべてだ。射撃術の優劣の影響など（なくはないが）微々たるものだ。ましてや忠義心や闘争心は、数の前には問題にすらならない。そもそも、足軽雑兵《ぞうひょう》に精神性を要求しても虚しかろう。鉄砲の軍役が、知行五百石当たり一挺だとして、一万石は二十挺、五万石なら百挺だ。二十挺の鉄砲隊が、百挺の斉射に耐えられるはずがないのである。そうやって「数」で戦を考えるのが鉄砲大将の習い性になっている。百四十四万石の徳川が、六百万石の大坂方に「勝てるはずがねェ」と考えるようになった次第だ。

今一つは、乙部の存在であろう。

乙部は隠密の元締めである。配下の隠密が集めてきた個々の情報を統合し、上申するのが役目だ。徳川家内にあって、天下の趨勢を知る——つまりは、大坂方の圧倒的有利を知る——数少ない人物の一人だ。茂兵衛と乙部が「朋輩」かどうかはひとまず置くとして、長い付き合いであり、会えば酒も飲むし、話もする。

自然、茂兵衛も天下の趨勢についての「ある程度正しい知見」を持つに至った。つまり、そういうことだ。

「殿、今なら勝て申す！」

平八郎が、拳を己が胸に押し当てて吼えた。

「徳川も無敵ではねェ。上田城攻めで寡兵の真田に大負けしたのを忘れたか？」

「この本多平八郎が、上田にはおらなんだ」

「傲慢な物言いじゃな」

家康は辟易して首を振ったが、さらに言葉を継いだ。

「おまん、大久保忠世、鳥居《とりい》元忠《もとただ》、平岩親吉が将器に非ずと申すか？」

三人とも元旗本先手役で、戦巧者《いくさこうしゃ》として知られる。

「七郎右衛門殿（忠世）は籠城戦ではよう粘るが、それ以外は大した武勲がねェ。彦右衛門尉《ひこえもんのじょう》殿（鳥居）は、千人か二千人を率いての小戦が精々、大軍を率いての城攻めはちと荷が重すぎ申した。七之助《しちのすけ》殿（平岩）に至っては、匕首《あいくち》を懐に隠しての刺客こそが真骨頂にござろう」

「つまり、不適任者を上田城に向かわせたワシの人選に問題があると申したいのだな？」

「遺憾ながら、御意ッ」

平八郎、怖いものなしだ。再び空疎な沈黙が書院に流れた。

「そもそも、今や天下を視野に入れておる秀吉に勝てると思うか？」

「必ずや。父の墓にかけまして」

平八郎の父は、天文《てんもん》十八年（一五四九）、安祥城《あんじょうじょう》攻めの折、眉間を織田方の矢に射抜かれ討死している。この時、平八郎はまだ二歳であった。

「天災に乗じ、民百姓の苦しみを顧みることなく、只々勝利のために攻め入るのか？」

「戦国の倣《なら》いにござる。浅間山が噴火しても、信長は武田征討に打って出た」

「伯耆の寝返りにより、我が方の内情はすべて大坂方に知られておるのだぞ？　それでも勝てるか？」

「それは……」

さしもの平八郎も一瞬言い淀んだが、即座に気持ちを立て直し、今度は遠慮がちに小声で囁いた。

「大丈夫、六、四で勝て申す」

「なんだ。六、四かよ……」

家康が天井を仰ぎ、チラと正信を見た。謀臣は主君を見てから、わずかに首を振り、深く嘆息を漏らした。

かくの如く、家康の苦悩は深い。酒井忠次の代わりに相談役となった本多正信と二人きりで部屋にこもり、密談することが多くなった。

「はい」

「植田茂兵衛が、生きて戻ったそうじゃのう」

「馬を投げ飛ばしたそうな？」

「そう伺っております」

「会ったか？」

「はい」

「五体満足か？」

「はい。鉄砲大将の座を大久保家の郎党に奪われ、やることがのうてブラブラしておりまする」

「ふ～ん。ならば奴をさ……」

家康は、役目を失くした茂兵衛を、身辺の護衛として傍近くに置くことに決めた。以前から考えてはいたことだが、馬廻《うままわり》を始めとする側近衆が、茂兵衛の出自を嫌い、反対していた経緯がある。ただ、今ならもう赫々《かくかく》たる戦歴を誇る物頭だ。百姓あがり云々を申し立てる者は少なかろう。

その日の午後、家康は正信を通じて茂兵衛を自室へと呼び出した。

「おまんがおると安心じゃ」

家康は、平伏する茂兵衛に上機嫌で声をかけた。

「いつ何時、秀吉の刺客が忍んでくるやも知れん。主戦派の平八郎たちが怒鳴り込んでくるのも面倒じゃ。いずれにせよ、おまんは、ちゃんとワシを守れよ」

「あの……」

「たァけ。そこはハイと申すべきところであろうが、ハイと！」

さすがに家康が腰を浮かして吼えた。正信は顰《しか》め面となり、顔を掌で撫でた。

「ははッ。ただ……」

「ただ、だと？　おまん、主人を守らんと申すのか？」

家康は癇癪《かんしゃく》を起こし、腰を浮かせ、腰の脇差に手をかけた。

「いえッ、命に代えてもお守り致しまする」

と、慌てて平伏した。「守れ」と言われて言い淀んだのは、決して家康を守るのが嫌だというわけではない。怒鳴り込んできた平八郎を自分が追い返すのかと思うと気が重い。せっかく仲直りしたばかりなのに、また反目に回ることになる。そんな思案を巡らせて、少し返事が遅れたわけだ。

「まったくもう……おまん、それでも武士か。いつまでも渥美の百姓気分が抜けんようなら、今後はもう二度と使わんぞ」

「も、申しわけございません！」

と、再度額を床に擦り付けた。できれば、足軽大将のような、戦場で多くの部下に颯爽《さっそう》と号令する仕事が希望だったが、側近となれば、家康と正信の密談の内容を知ることができる。それはそれで「面白そうだ」と考えることにした。

ま、家康の傍にいれば弾が当たることもなかろうから、寿美と綾乃は喜んでくれるはずだ。

こうして茂兵衛は、ようやく居場所を見つけた。それは、最近とみに目つきが悪くなり猜疑心の塊となりつつある主人の傍近くに仕え、命を懸けて守る役目であった。まったくもって、世の中とは儘《まま》ならないものである。

第三章　黄瀬川《きせがわ》の宴《うたげ》

一

翌天正《てんしょう》十四年（一五八六）一月。織田信雄が浜松城《はままつじょう》を訪れた。

着付けを手伝いながら、寿美が小首を傾《かし》げて茂兵衛を見上げた。

「なんのために？」

「そりゃ、おまん……信雄公は今、秀吉公の御家来衆だがね。主人に命じられて、殿様を大坂《おおさか》に招きにくるのであろうよ」

ここ二年ほど、秀吉の対徳川政策は二転三転している。

小牧長久手《こまきながくて》では「軍事的に叩き潰す」つもりだったようだが、和睦後は宥和策に転じ、家康を大坂に上らせて臣従させるべく躍起となった。ところが家康は、於義丸（秀康）一人を大坂に送っただけで自分は動かない。そこで秀吉は、越《えっ》中《ちゅう》と四国《しこく》を平定した上で改めて強硬策に転じ、隷下《れいか》の諸侯に徳川征討への陣触れを出した。が、その矢先に大地震が起こり、現在は又候《またぞろ》、宥和策に舞い戻っている。政治的に戦《いくさ》どころではなくなっているのだ。秀吉の目下の方針は、平和裏に家康を大坂に呼びつけ、臣従させることに尽きる。

「でもどうして、選《よ》りにもよって御使者が信雄公なの？」

妻は、使者の人選に納得していない様子だ。

（この感じ……おいおいおい、機嫌悪いぞ。参ったなァ）

これから登城し、家康の護衛として信雄と顔を合わせるというのに、朝から夫婦で政治的な論争をするのは御免蒙《こうむ》りたい。ここは、妻の気分を害さぬように、分かり易く、穏やかに、かつ顔色を窺いながら慎重に説明することが肝要だと分別した。

「だからな……」

天正十二年（一五八四）の小牧長久手戦の後、信雄は秀吉の傘下に入った。秀吉は信雄の領地（伊賀《いが》と伊勢《いせ》の一部）を奪う一方で、清洲《きよす》会議での「織田家当主は三法師《さんぼうし》（織田信忠嫡男《のぶただちゃくなん》）」との決定事項を覆し、当主の座に信雄を据えた。また、朝廷に乞うて大納言の官位をも与えた。

巷間《こうかん》「名より実を取る」とはよく聞くが、信雄の場合、実利を削られ、代わりに名誉を与えられたということだ。信雄は昨年の佐々成政征討にも、名目上の総大将として勇躍越中に赴いている。佐々成政は織田家譜代の家臣であるから、織田家当主が征討軍を率いれば、誠に据わりが宜しい。信雄の方でも、十万の大軍を率いることで天下に織田家当主としての面目を施す。つまり、秀吉と信雄は現在「持ちつ持たれつの良好な関係」を築いているのだ。

「と、なればさ」

永禄《えいろく》五年（一五六二）以来、強固な同盟関係にある織田と徳川の情誼《じょうぎ》をもって、大坂への招待を受け入れるよう家康を説得するには、信雄こそが最良の人選であり——

「そのぐらいのことは、私にも分かりますよ。でもねェ」

女房が、口角をわずかに上げ、皮肉っぽく笑った。

「殿様は信雄公のこと、大嫌いでしょ？」

「だ、大嫌いって……」

そこにきたか。

やはり小牧長久手戦の話になるが、そもそも家康を戦に巻き込んだ張本人である信雄は、戦況が自分に思わしくなくなると、家康に断りもなく、勝手に秀吉と和睦してしまったのだ。「なんでもあり」の乱世にあっても、なかなか聞かない厚顔無恥な振る舞いと言えよう。

梯子《はしご》を外された家康は、秀吉と戦う大義名分がなくなり、すごすごと三河《みかわ》に退かざるを得なかった。その折の家康の怒りは相当なもので、伊勢長島《ながしま》に帰ってしまった信雄のことを「阿呆、馬鹿、たわけ」と呼ばわり、近習衆も近寄り難いほどの激高ぶりだったと聞く。寿美が言う「大嫌い」とは、つまりその逸話に由来しているのだ。

「ま、大名同士の付き合いなんぞ、上辺だけのものさ。好きな相手とも嫌いな相手とも笑顔で接するんだ。殿様も同じだろうよ」

「でもね。小牧長久手で信雄公が失ったものは信用ですよ。信用の無い御仁を説得役に送ってよこす……これって、どうなの？　秀吉公というお方、意外と人情に疎いお方なのかしら？」

秀吉が人情に疎い——否々、人間関係一本で伸《の》し上がってきた御仁だろう。

「そ、そんなことはねェと思うぞ。むしろ、人たらしだわ」

「あら、秀吉公にお会いになったの？」

「や、会ったことはねェが……」

と、慌てて打ち消したが――ま、大嘘である。

一昨年の暮れ、大坂城下の幕営で、茂兵衛は秀吉と会っている。それも腕を伸ばせば、その華奢《きゃしゃ》な首を摑んで引き寄せられるところまで近づいて、内緒話を交わした仲だ。茂兵衛は甲冑《かっちゅう》姿で、秀吉は平服だった。茂兵衛の腰には脇差があったし、右腰には鋭利な鎧通《よろいどおし》も佩《お》びていた。あの時、茂兵衛に今少しの度胸と徳川への忠誠心があれば、秀吉を刺し殺していたろう。となれば、ひょっとして今頃、天下は家康のものだったかも知れない。勿論、茂兵衛はその場で秀吉の側近に惨殺されるだろうから、自分が徳川の天下を目にすることはなかっただろうが。

あの夜のことを知っているのは、辰蔵と左馬之助の二人きりだ。ことがことだけに、徳川家内で話が広まると「卑怯者」「裏切者」呼ばわりされ、立場がなくなる。だからこのことは、妻にも娘にも話していない――む、娘にも？

「もへえ？」

「な……」

この正月で五歳になった一人娘の綾乃が、庭に面した広縁の障子から半分顔を覗かせて茂兵衛を見上げている。この娘、少々茂兵衛を軽んじている。父に対する畏敬の念がまったく感じられない。一応、懐《なつ》いてはいるようだが、どうも扱いが粗略だ。

「これ綾乃、茂兵衛とはなにか！　ちゃんと父上と呼ばねば、もう返事はしないとゆうたはずだぞ」

「怒った？」

臆することのない満面の笑みだ。この娘、親父を怒らせるのが、嬉しくて仕方ないらしい。

「お、怒ってはおらんが……ほれ、父上とゆうてみなさい」

「もへえ！」

キャハハハと笑い声をあげて、童女は広縁をパタパタと駆け去った。

と、娘が駆け去った方を指さして、妻を睨みつけた。

「なんだ、あれは？」

「どこの世に、父親を通り名で呼び捨てる娘がおるか。殿様だって『茂兵衛』と呼ぶようになったのはここ一、二年のことだわ」

「綾乃はまだ五歳にございます。年頃になれば、ちゃんと『父上様』と呼ぶようになりまする」

「当たり前だがや。妙齢の娘が『茂兵衛』なぞと呼ばわっておったら、只では済まさん」

「あら、あの子をどうなさいますの？」

からかうような目で夫の顔を見た。

「そりゃ……き、厳しく叱る」

「ホホホ、ではそうなさいませ」

いかにも可笑しそうに、口に手の甲を当てて笑った。寿美は今年で三十四になる。年齢の割には美しいし、天真爛漫《てんしんらんまん》な笑顔も嫌いではないのだが、今のような状況下では嫌味に見え、無性に腹が立った。

「大体、おまんの所為《せい》だら！」

愛娘との距離感が摑めない自分にも腹が立ち、思わず妻に対して声を荒らげた。

「母親であるおまんの躾《しつけ》がなってねェから、綾乃はあんな……」

「はあ？」

寿美の顔から笑顔が消えた。怒鳴ってしまった直後から「これはまずい」と後悔したのだが、手遅れだったようだ。

「そもそも、貴方はねェ……」

柳眉《りゅうび》を逆立てた美しい妻から、登城を前に、たんまりとお小言を頂戴する羽目に陥った。

半刻（約一時間）の後、従僕の仁吉一人を伴い、背を丸めてトボトボと浜松城の本丸へと続く榎門《えのきもん》を潜った。榎門は浜松城の中央部に位置する。右に行けば二の丸。正面が本丸。左へ歩けば清水曲輪《しみずくるわ》となる。信雄を迎える準備があるのだろう、いつもより多くの侍が慌ただしく走り回っている。

幾人かの知り合いと会釈を交わしたが、茂兵衛の様子を見て誰もが「女房殿でも亡くされたか」とでも言いたそうな顔つきをしていた。女房を亡くしたのではない。女房から叱られただけだ。

死んだと思った亭主が生還し、寿美が大喜びで茂兵衛を甘やかしてくれたのはわずか十日ほどの間だった。その後は、鉄砲大将の職を失い、大きな体でいつも屋敷でゴロゴロしている亭主を、多少とも鬱陶《うっとう》しく感じているようだ。

（俺ァ、大負けした上田城《うえだじょう》攻めの殿軍《しんがり》を必死で務めたんだ。事実、俺ァ、七、八割方、あの時、死んどったんだわ）

丸や三角の鉄砲狭間《じゅうがん》が並ぶ塗塀に沿って坂道を上り、鉄門を潜った。ここから先が本丸だ。

（その後は、阿呆の花井と、心気病みの伍助の面倒を見ながら、三月《みつき》もの間土牢に閉じ込められた。命からがら戻ってきたら、家族から軽く扱われとる。大体、寿美の不遜な気分が伝わり、綾乃にあゆう糞生意気な態度をとらせるんだわ）

「やっぱ寿美の所為だがや」

「はい？」

仁吉が背後から声をかけてきた。

「今、なんぞ仰いましたか？」

「なんもゆうておらんがね。おまんの空耳だがや」

と、従僕に八つ当たりして、女房への憤懣《ふんまん》をわずかに解消したのだが、仁吉の悲しそうな顔を見ると居たたまれなくなってきた。

「すまねェ。おまんの空耳ではねェよ。少し考え事をしていて、なんぞ口走ったんだわ。なんでもねェ。気にするな」

「へ、へい」

仁吉が小腰を屈めた。

茂兵衛は、フウと長い嘆息を漏らした。事程左様に、人間関係は厄介だ。

自分も今年の正月で四十になった。若い頃は、大層な癇癪《かんしゃく》持ちで、妹や弟、時には母親にまで厳しく接したものだ。現在のように家族から軽んじられることはなかったが、逆に、恐れられ、煙たがられ、嫌われていたように思う。

(ま、仕方ねェわなァ)

不遜だが自分のことを好いてくれる家族と、表面上は従順だが心が離れている家族がいて「どちらを選ぶか」と問われれば、今の茂兵衛は迷うことなく前者を選ぶだろう。

(あれもこれもと、両方を欲張るわけにはいかんものなァ)

と、心中で渋々納得しながら、家康の住む本丸御殿の玄関で草履《ぞうり》を脱ぎ、仁吉に預けた。

二

家康は信雄を、書院で迎えることにした。

織田家当主にして大納言の地位にある貴人を、家を挙げて盛大に饗応《きようおう》しなかったのにはわけがある。信雄との会談が「微妙な密議に亘る可能性」、家康が信雄を「恫喝する可能性」があると考慮したからだ。

ただ、信雄を書院へ招き入れる直前に、正信が耳打ちしてくれた限りでは、今回の家康は心に余裕をもって、対面に臨んでいるそうな。

「それは、なによりで」

茂兵衛が応じると、正信は大きく頷いた。

「件《くだん》の地震のお陰だわ。しばらくの間、秀吉の軍勢が押し寄せる心配はねェからなァ。しかし……」

ここで正信は声を潜め、顔を近づけた。

「所詮《しよせん》は早いか遅いかに過ぎん。殿様には、弓鉄砲で大坂と雌雄を決する気は金輪際ねェのも事実だ。大方針はあくまでも和睦よ」

「ほうほう」

「ま、御自分の大坂行きを少しでも高く売りつけるのが、本日の殿の主眼だな。おまんもそう覚えておけや」

「なるほど、心得ましてございまする」

――と一応は返事をしたが、内心では「下手に駆け引きするより、早めに這《は》い蹲《つくば》っちまった方が穏便ではねェのかなァ」との感想を抱いた。

信雄は家老の滝川雄利《たきがわかつとし》一人を伴い、家康は本多正信と太刀持ちの小姓のみを書院に入れた。茂兵衛は書院にこそ入らなかったが、障子が大きく開かれた広縁に控え、正信の下命を守り、滝川の動きを傍らから警戒していた。

この滝川雄利という男、結構な悪党なのだ。

以前滝川は、主筋に当たる北畠具教《きたばたけとものり》を謀殺したが、その折、近習を買収し、前もって具教の刀に「抜けない工夫」を施させていたそうな。抜けない刀は木刀に等しい。哀れ具教は惨殺されてしまった。

(なんとも阿漕《あこぎ》だねェ)

茂兵衛は嘆息を漏らした。

（この滝川とかゆう野郎……俺ァどうも好きになれねェわ）

茂兵衛の流儀からすると、やることがどうにもせせこましい。どうしても「小細工好きの小才子《こざいし》」に見えてしまう。苦手だ。嫌いだ。

ただ茂兵衛は、具教の逸話を思い出し、一応用心のため、障子の陰で脇差の鯉口をわずかに切り、刀がちゃんと抜けることを確認した。

ま、信雄が家康に危害を及ぼすことは、意気地の点からも、体技の点からも考えられない。とち狂って斬りかかっても、正信と小姓で取り押さえられるだろう。さらに家康自身、肥満した外見に似合わず、中々に腕は立つ。意外に動きも俊敏なのだ。茂兵衛が滝川を完全に制圧しさえすれば、この書院内に家康への脅威はほぼ存在しない。

（ま、滝川の野郎、少しでも妙な動きをしやがったら、飛びかかって滅多刺しにしてくれるわ）

今朝の茂兵衛はかなり機嫌が悪い。勿論、女房殿との経緯が影響している。寿美の可愛げのない言動への憤りを、すべて滝川にぶつけるつもりだ。

「天下のため、徳川の御家のため」

挨拶も早々に、信雄が口上を述べ始めた。

「早期に大坂へと上られ、関白殿下に御挨拶されるべきかと愚考致しまする」

「承ってござる」

家康が上座から言葉を返した。鷹揚《おうよう》な余裕を感じさせる態度だ。

ちなみに、秀吉は天正十三年（一五八五）の七月十一日に関白宣下を受けた。そう言えば、茂兵衛が戸石城《といしじょう》の土牢内で真田昌幸から見せられた書状にも、確かに関白羽柴秀吉との署名があった。

秀吉が、権大納言になったのは天正十二年の十一月で、翌十二月に茂兵衛の天幕に忍んできた折には「でなごん（大納言）じゃ」と幾度も繰り返していた。その後、内大臣に進んだのが翌天正十三年の三月だそうだから、異様な速さで官位を駆け上ったことになる。

家康は、その後の信雄の冗長な言上を笑顔で聞いていた。

「大納言様のお言葉、一々ごもっともにござる。反論の余地がござらん」

と、大袈裟な身振りで頷いてみせた。

信雄と滝川の表情に、一瞬安堵の色が浮かぶのを茂兵衛は見逃さなかった。もし家康が、強硬な意見を主張してきた場合、如何に応じるかで信雄と滝川は思い悩んでいたようだ。

「徳川としては、一昨年の暮れ、於義丸改め秀康を養子として関白殿下に差し出しておるゆえ、もうこれで秀吉公と徳川は親族、すでに深い誼《よしみ》を通じておるものとばかり思っており申した」

家康は、律義そうに両眉尻をへの字にして瞬きを繰り返し、如何にも不本意という表情で切々と語りかけた。

「や、ま、確かにそのとおりでもござろうが……」

ここで信雄はしばし言い淀んだ。背後の滝川を振り向くような素振りをみせたが、やがて言葉を継いだ。

「関白殿下としてはですな、小牧長久手で八ヶ月に亘り対陣した関白殿下、徳川殿、不肖それがしの三者が大坂の地で一堂に会し、酒でも飲んで和《など》やかに物語りたいと」

「なるほど、なるほど」

「その三者による真の和解こそが、天下に乱世の終焉を告げると」

「なるほど。確かに。如何にも」

昨年、秀吉は九州地方に所謂《いわゆる》「惣無事令」を発布している。領主同士の戦を禁じ、違背者へは厳罰をもって臨むとした。戦国の世は終わりで、今後は法と権威が世を統《す》べるとの宣言である。その場合、法と権威の源泉は、秀吉自身ということになる。有り体に言えば「俺の許可なく勝手に喧嘩するな。文句があれば言ってこい、俺の気分で裁いてやるから」ということだろう。ま、なんとも乱暴な法治主義である。

「今年中か、遅くとも来年には、畿内《きない》を始めとして、東国や奥州《おうしゅう》にも乱世の終焉が布告されましょう。最早、弓鉄砲の時代ではござらん。徳川殿、新しい世の流れに、くれぐれも乗り遅れてはなりませんぞ」

信雄が家康に向かって身を乗り出して囁《ささや》いた。

「父信長の代よりの織田と徳川の変わらぬ厚誼《こうぎ》に鑑み、不躾は承知の上、あえて申し上げておりまする」

（なにを言いやがる）

と、広縁で聞いていた茂兵衛は心中で吼《ほ》えた。

信雄の、時代の流れに関する言説が正論なのは、茂兵衛にも分かる。ただ「変わらぬ厚誼」などとこの男の口から言われると、徳川方としては鼻白《はなじろ》んでしまうのだ。そもそも「変わらぬ厚誼の相手」を戦に引きずり込んでおいて、自分だけ和睦し、同志を窮地に追い落としたのは信雄自身ではないか。

「話は変わるが……」

家康は、チラと正信を見て、少し間を置いてから言葉を継いだ。

「昨年十一月、当家家老の石川伯耆守《ほうきのかみ》が大坂に参った由にござるが」

「ああ、それは……う、伺ってござる」

信雄は動揺を隠せない。よく言えば正直者。有り体に言えば小物。

家康の家老が大坂方に寝返り、それを秀吉は諸手を挙げて受け入れたのだ。徳川と大坂がまだ「真の和解」とは程遠い間柄であることの証左とも言えよう。勿論、信雄には、いがみ合う両巨頭の仲を取り持つ才覚も、心意気もない。

「伯耆は……か奴めは、達者にやっておりまするか？」

家康が、不快げに信雄の顔を覗き込んだ。

「や、ま、さて、多分、息災であろうかな、と……」

大納言、しどろもどろ。

この信雄という男は、父親から壮大な発想力や大局眼は一切受け継がなかったが、猜疑心《さいぎしん》の強さ、情緒過多な気質だけはしっかり承継している。石川伯耆の寝返りが「己が役目を不首尾に終わらせる原因となりかねん」と気づき、家康にどう答えていいものやら分からず、錯乱しているようだ。

「少将様に申し上げまする」

一月の寒さの中で、独り大汗をかいている主人の背後で、滝川が平伏した。

ちなみに、少将は家康の官位である。天正五年（一五七七）十二月に朝廷から叙された。正式には、右近衛《うこんのえ》権少将《ごんのしょうしょう》である。「権」が付くと「副少将」程度の意味になる。関白は勿論、信雄の大納言と比べてもだいぶ下だ。

「関白殿下におかれましては、石川伯耆守殿の一件が、大坂と徳川の誼に、決して影を落とすことがないように、との仰せでございました」

「で？」

家康が皮肉な表情で、滝川の顔を覗き込んだ。

「は？」

「両家の誼に影を落とさぬようにせねば、との由。そこはワシも同意する。で、関白殿下はどうなされる御所存かな？　目下、伯耆めは大坂におるのだからして、ワシは関白殿下の御存念を是非にも伺いたい」

「ご、御存念？　や、それは……」

滝川が困惑の表情を浮かべた。

「のう、滝川殿」

当惑する滝川に、家康が畳みかけた。

「一番分かり易いのは、関白殿下が伯耆めの首を刎《は》ね、塩漬けにしてこの浜松に送って頂くことよ。さすればワシの溜飲も下がり、徳川の家内も治まり、今以上に関白殿下への忠勤に励めると思うのだが、如何に?」

「そ、それは……」

如何にと問われても、滝川に返事の仕様がない。彼は、主人の信雄を窺ったが、貴人は瞑目してわずかに天井を仰ぎ、面倒な話題には一切関わる気がないようだ。

(それにしてもうちの殿様ァ、どんどん人相が悪くおなりになっていくなァ)

茂兵衛は、滝川を追い込む家康の顔つきに興味をそそられた。

(あの憎々しげな面《つら》はどうだ)

口を半開きにし、どろんとした三白眼で下から滝川を睨《ね》めつけている。

(秀吉が伯耆守様の首を刎ねることはねェと、読み切った上での大芝居だがね)

秀吉の調略は、周辺から攻めるのを常とした。

国持大名を口説くなら、その家老たる国衆《くにしゅう》を調略する。国衆を口説くなら、彼の家宰や地侍を調略するのだ。例えば小牧長久手戦は、秀吉に内応した三人の家老を信雄が斬ったことを端緒《たんしょ》として始まった。また、徳川への調略は、宿老の石川数正から開始された。石川が「美作《みまさか》一国を与える」と秀吉から提示されたのを茂兵衛はよく知っている。秀吉の調略の魔の手は、天下の諸大名家に遍《あまね》く伸ばされていると思っていい。もし、寝返った徳川の家老の首を刎ねると、現在秀吉に靡《なび》いている全国の家老衆、家宰衆は「秀吉、信じるに足らず」と動揺するだろう。窮鳥懐に入れば——秀吉は、石川を討てないのだ。

「では、大坂に戻りましたら、関白殿下にそのようにお伝えを……」

「阿呆ッ」

瞑目していた信雄が突然吼え、背後の滝川に振り向いた。

「そのような話を持ち帰られるか。子供の遣いでもあるまいに。ワシが大恥をかくわい」

「ははッ」

滝川は、畳に額を擦りつけた。

「徳川殿、そのような無理難題を申されますな」

信雄が、家康の膝にすがるような態度で懇願し始めた。

「伯耆殿の首級《くび》を所望されても困る。今や伯耆殿は関白殿下の御家来衆の一人にござる。その首を『刎ねよ』なぞとは、断じて申せませぬ。それがしの大坂での体面も考えて下され」

「体面？」

家康が信雄の言葉を遮《さえぎ》った。その顔には薄笑いが浮かんでいる。

「左様、体面にござる」

信雄は自分が今までどれほど己が体面を、織田家の体面を汚してきたか、気づいていないようだ。

「愚考致しまするに」

ここまで黙って聞いていた正信が、会話に割って入った。

「大納言様の体面は大事にございましょう。ただ、家来に見限られた我が主人の体面はどうなりましょうかな？」

「そ……」

信雄が絶句した。

(信雄と滝川は、この話を大坂に持ち帰り、秀吉に報告せざるを得ないだろう。一見、石川様のお立場を悪くするようにも見えるが、決してそうではねェ)

乙部は「石川の寝返りは芝居」だと言った。石川は家康の意を受けて、言わば間者として大坂城に入ったのだ。その点は、石川の人柄や忠義心を知る茂兵衛から見ても、ありそうな話で納得がいく。

ただ、大坂方も馬鹿ではない。石川には疑いの目を向けているはずだ。そこへ信雄が「徳川殿は本気で怒っておる。伯耆殿の首を所望され、大いに困った」と復命すれば、大坂方の石川に対する疑惑の眼差しも少しは和《やわ》らぐに相違ない。

（殿様と弥八郎様はその辺を考え、二人呼吸を合わせて、芝居をされておられるのであろうよ）

「ただ」

家康が俄に相好を崩し、穏やかな声に戻って言った。

「ま、かように首、首、首と繰り返せば角も立とう」

押しては引き、引いては押す——家康、したたかである。

「大納言様と滝川殿を困らせるのは、我が本意ではない。悪いのは伯耆一人であって、関白殿下を始めとして、余人にはなんの意趣もござらん」

だから、石川の首を刎ねることを、大坂方に求めはしないと家康が譲歩した。

「ま、まことにござるか？」

信雄と滝川が安堵の表情を浮かべた。この主従、狼狽《ろうばい》と安堵を幾度繰り返す気だろうか。やはり寿美の言葉の通り、家康は信雄が嫌いなのだ。要は、困らせているだけ。虐《いじ》めているだけ。小牧長久手の意趣返しなのだろう。

「伯耆の件は、まずは横に置き、必ずや大坂に上り、関白殿下に拝謁する所存にござる」

「大坂には、いつ？」

必死の信雄は確約を求めたが、家康はここでもニヤリと笑った。

「信州《しんしゅう》などを中心に、我が釆地にも地震の被害は出ておりまする。それ故、いつ大坂に上るか確約までは出来かねるが……近いうちに、必ずや参ると関白殿下にお伝え頂きたい。確《しっか》と頼みましたぞ」

と、家康が大きな目玉で睨みつけると、信雄は目を伏せ、滝川は平伏した。

三

信雄の報告を聞いた秀吉は「家康は、簡単には大坂に来ない」と踏んだか、奇策に打って出た。

天正十四年（一五八六）二月二十二日、秀吉は、信雄の家臣である滝川雄利、土方雄久《ひじかたかつひさ》の両名を三河吉田城《よしだじょう》へと派遣。吉田城主にして徳川家筆頭家老の酒井忠次に、家康と己が実妹との縁談を持ちかけたのだ。

「え、ワシが秀吉の義弟《おとうと》になるのか？」

さすがの家康も顔色を変えた。

家康は数えで四十五、秀吉の異父妹である旭《あさひ》は今年四十四である。すでに旭には佐治《さじ》某という亭主がいたが、秀吉は夫婦を強引に離別させた。天正七年（一五七九）に築山殿《つきやま》と死別して以来、正妻がいない家康に、旭を妻合《めあ》わせるためだ。家康を義理の弟とすることで、体制内に取り込もうとの目論見である。

ただ、これは家康にとっても悪い話ではない。

家康の眼目はなにか？　決して天下統一などではない。現状の維持、五ヶ国の太守としての地位と領土の保全である。天下人となった秀吉から潰されぬよう、現在、騙し合いやら化かし合いを演じている最中だ。

とすれば、天下人の義弟となって、政治的な安定を図るのは上策と言えなくもない。こちらから頼みたいぐらいだ。酒井からの照会に対し、家康は即座に承諾した。大坂の求めに応じて榊原康政を派遣、早速に結納を取り交わした。

天正十四年の二月二十八日は、新暦に直せば四月十六日にあたる。もう春爛漫だ。浜松城本丸御殿の庭でも、ここ数日来、メジロが囀《さえず》り始めていた。

チーチュル、チーチュル、チチルチチルチュー。

人が三呼吸する間も長々と続く、美しくも複雑な春の歌だ。

暖かい日が幾日も続き、庭の海棠《かいどう》の梢《こずえ》では密集した淡紅色の花が、小刻みに揺れている。それをぼんやり眺めていると、茂兵衛は強烈な睡魔に襲われた。目の前では家康と正信がなにやら真剣に話し込んでいる。ここで自分が大欠伸《おおあくび》をするわけにはいかない。茂兵衛は、欠伸を嚙《か》み殺すのに必死だった。

「こらァ、茂兵衛」

「ふァい」

上座から家康が怖い目で睨み、扇子の先で茂兵衛を指したので、欠伸を半分嚙み殺した状態で返事をした。

「なにが『ふァい』か……おまん、眠たいのか？」

「いえ」

「欠伸をしたであろうが」

「いえ、そんな、滅相もございません」

主人に図星を指されたが、ここは認めるわけにもいかない。畳に額を擦り付けて誤魔化した。

「眠いのは、あの色っぽ～い女房殿が、夜な夜な寝かせてくれんからではねェのか？」

「お、お戯《たわむ》れを」

と、再度平伏したのだが――こちらも、ほぼ図星。

「それで、殿……」

正信が密談の再開を求めたので、家康による嬲《なぶ》りからは解放されたが、どうもいけない。気分が冴えない。不調である。パッとしない。

最近の茂兵衛は、己が職務に違和感を覚えていた。家康は「傍におって、ワシを守れ」と茂兵衛を側近のように扱ってくれている。ただ、主人の生活圏で刀を抜いたり、組み打ちしたりする場面などそうそうあるものではないから、暇をもてあましている次第だ。

家康は正信と常に密談しており、時折は茂兵衛にも意見を求めてきたが、「はい」か「いいえ」か「分かりません」かの三択で返事をしていたら、終《しま》いにはなに一つ下問されなくなってしまった。

（そもそも殿様は、俺になにをさせようってのかねェ？）

と、茂兵衛自身が疑問に感じている。

「ま、そこは厄介だのう」

家康が天井を仰ぎ見て嘆息を漏らした。茂兵衛が職務について悩んでいた間も、主人と軍師の密談は続いていたようだ。

「御意ッ。然《しか》るべく手当を北条にせねば、彼らは必ず臍《へそ》を曲げましょう」

正信が渋い顔で家康に頷いた。

小牧長久手戦の当時、反秀吉包囲網を組んで戦った仲間たち――織田信雄、佐々成政、根来衆、雑賀衆、長宗我部元親らは、今やすべて秀吉側だ。上杉も真田も秀吉についている。家康の味方は、小田原《おだわら》の北条氏のみになってしまった。しかも、真田が秀吉側に寝返ったことで、上野国沼田《こうずけのくにぬまた》領を北条が取り戻す可能性はほぼなくなってしまった。北条としては「話が違う」と徳川に対し、不信の念を抱いているのが現状だ。

そこに加えて、家康が秀吉の妹を正妻に迎えると聞けば、北条が、より態度を硬化させるのは目に見えていた。

「進物でもするか？」

「なかなか」

謀臣が首を振り、苦渋の表情を浮かべた。

北条の徳川不信の根源は、沼田領問題である。一所懸命の時代でこそないが、それでも武士にとっての領地が「命懸け」なのは今も昔も変わらない。沼田二万七千石の代わりにと、少々の珍品を贈っても、進物品ごときで機嫌を直してくれるとは思えない——と、正信が分析した。

「茂兵衛、おまんはどう思う?」

久しぶりに家康が質《ただ》した。

「分かりません」

「たァけ」

反射的に答えたが、即座に叱られた。

「おまんはいつもそう……分からんなりに考えて、なんぞ申してみぃ」

茂兵衛は困惑し、正信を窺ったが、露骨に目を逸らされた。多分、自分で考えろという意味であろう。

(参ったなァ。どうせ俺がなにを言っても通ることはねェんだ。主人の前で阿呆を晒《さら》すのは嫌だなァ)

「とっとと申せ」

モジモジしていると家康にどやされた。

「されば、殿は秀吉公の親族におなりになるのですから、今さら、北条に気を遣われる必要もないのかと愚考致しまする」

「腕こきの元鉄砲大将殿が、あのようにゆうとるぞ」

家康が、扇子の先で茂兵衛を指し、正信に質した。

「のう茂兵衛、殿様が秀吉公の親族になっても、領地に関してはどうしても交渉事となる」

正信が、茂兵衛に向き直り、目を見て語り始めた。

「その場合、徳川と北条の紐帯《ちゆうたい》が強く『なんなら一戦』との強気な態度で交渉に臨むのと、北条と手切れをして、徳川単独で大坂方と交渉するのでは、当家にとってどちらが有利にことが運ぶと思う？」

「それは、ま、味方が多い方が……」

「で、あろう。徳川単独で交渉すれば、領地を半分に減らすと言われても、対抗する術《すべ》がない。唯々諾々と受け入れざるを得ない。秀吉公は我らの足元を見て、無茶な要求をしてくるはずだ」

そんな話を、確かに真田源三郎もしていた。

「なるほど。では、やはり北条には機嫌を直してもらわねばなりませぬな」

慌てて自説を撤回しておいた。

「ならば、どうするのか？」

家康が焦れたように正信に質《じ》した。

「おまんの申す、然るべき手当とはなにか？」

「殿に御出馬頂きたく思います」

「ワシに？　饗応やら接待をせよと申しておるのか？」

「左様。それも、氏政《うじまさ》公の沓《くつ》を舐《な》めるお気持ちで」

思わず茂兵衛は息を呑んだ。正信も臣下である。主人に対し、第三者の「沓を舐めろ」とは礼を失した言い草であろう。ただ、家康は眉一つ動かさなかった。

「ふん。百四十四万石の領主の座を守るためなら、相模守《さがみのかみ》の沓でも月代《さかやき》でも舐めてくれるわい」

北条家の当代は、家康の娘婿でもある氏直《うじなお》であるが、まだ若く、今も実権を握っているのは先代の氏政だ。

「で、ワシが出向くのか？　それとも徳川領に招待するか？」

「儀礼上は、殿が出向かれるべきかと」

招待と言えば聞こえはいいが、世間的には「呼びつけた」と見える。招待する方が格上なのだ。北条の機嫌を取るのに、上から「来い」と言えるわけがない。

「虜《とりこ》にされたり、殺されることはあるめェな？」

「策がございます」

「ゆうてみりん」

「殿にあっては『秀吉公の妹君を娶《めと》る旨、親族でもある北条へ報告に参る』とあちこちに言いふらしてからお出かけ下され」

もし氏政が家康を斬れば「関白秀吉の妹婿を殺した北条」と小田原城を攻める大義名分を大坂方に与えることになる。その場合、主人を謀殺された徳川勢は大坂方の急先鋒となり、半狂乱となって襲い掛かってくるだろう。総じて、北条にとっては損籤《そんくじ》で、氏政が家康に禍《わざわい》をなすことはほぼあるまい。

「随伴は誰か？　おまん以外には、誰を連れて行く？」

「手前は参りません。代わりに左衛門尉《さえもんのじょう》（酒井忠次）様と小平太（榊原康政）殿をお連れ下され」

「え？」

家康が正信の顔を覗きこんだ。

「左衛門尉は最近ちと老耄《ボケ》かかっとるぞ。小平太の奴は、無闇に喧嘩っ早い。北条の機嫌をとるのが大事なら、ワシとおまんと二人で参った方がよくはねェか？ま、毒にも薬にもならねェ茂兵衛は、弾避けとして連れてゆくとしてさ」

（た、弾避け……えらいゆわれ様だがや）

「なかなか」

正信は、しばらく考えていたが、やがて自分が浜松に残り、酒井と小平太が同道すべき理由を説明し始めた。

「左衛門尉様は、秀吉公が縁談を最初に持ち込んだ先でござる」

秀吉の元には石川数正がいる。徳川家内の序列に鑑み、衰えたとはいえ、まずは筆頭家老の酒井に「話を通すべし」と助言したはずだ。また、小平太は結納を納めに、大坂城まで出向き、秀吉に会っている。

「この度の徳川と北条の会合は、あくまでも徳川と大坂との縁組の報告にござれば、この二名を随伴者とすることは必須にございまする」

北条側は、当事者二名に直接疑問を質せる。吉田城を訪れた使者の態度。大坂城内の空気など訊きたいこと、確かめたいことも多かろう。酒井と小平太を同道することで、徳川方の北条への誠意を示す効果があると正信は言うのだ。

「うん。そこは分かった」

家康は、いったん正信の言葉を受け入れた。

「でも、どうしておまんは来ない？　絵図を描いたのはおまんだろう。ならばおまんも来い。無責任ではねェか？」

「賢《さか》し顔《がお》をした手前などがおれば、左衛門尉様の御体面を潰しましょう」

「ふん、なるほど」

家康は、ニヤリと笑い、扇子で己が太腿を叩いた。

酒井は、家康が駿府《すんぷ》に人質として送られた頃からの股肱《ここう》である。知恵があり、家康の軍師的な役割を担ってきた。今年の正月で還暦を迎え、眼病を患い、確かに衰えはしたが、それでも新たな軍師が、自分に代わって主人の諮問に答えているのを見れば辛かろう――そう正信は忖度《そんたく》しているのだ。

軍師、謀臣、知恵袋などと煽てられ、主君の傍近くに仕えるのも、楽な仕事ではないはずだ。一つ間違うと危うい。同僚、先輩からの妬《ねた》みや嫉《そね》みを買うからだ。人間と人間の付き合いだから、家来も時には主人に対して反感を覚える。で、その場合、直接主人を恨むのではなく、主人の傍に侍《はべ》る軍師に怒りの矛先を向けることが少なくない。

元々正信は永禄六年（一五六三）の三河一向一揆において、一揆側に身を投じた。一揆が鎮圧されると三河から逐電し、初めは諸国を放浪したという。やがて、大久保忠世を介して家康と和解し、その後は密偵として各地の消息を集め、忠世を通じて家康に情報を送り続けた。ただ、そういう経歴は、槍専一の三河武士たちからは、えてして「胡散《うさん》臭い奴」と見られがちなのだ。現に、槍武者の代表格でもある本多平八郎などは、この同族の知恵者を蛇蝎《だかつ》の如くに嫌っている。

ま、正信は敏《さと》いから、その辺の機微にも通じており、最前、酒井に示した配慮のような気働きを忘れない。

（弥八郎様は賢いし、苦労人だわ。一つ俺も、身の上相談でもしてみるかなァ）

茂兵衛は、戸石城の土牢から脱出して以来、なにかと不調続きである。天職とも心得ていた鉄砲大将の職は大久保家の郎党に奪われたし、家に帰っても妻子からの扱いは軽い。大袈裟な言い方をすれば居場所がない。最近は、家康の側近として仕えているが、これも、役に立っているという実感がない。

（そんなあれやこれやを虚心坦懐《きょしんたんかい》に相談すれば、弥八郎様なら、なんぞよい知恵を貸してくれるかも知れねェ）

茂兵衛が、正信の知恵にすがろうと決めた日の夜、花井庄右衛門が茂兵衛の屋敷を訪ねてきた。昨年の閏《うるう》八月に撃たれた腰の傷はほとんど癒えたが、今も少しだけ左足を引き摺っている。

「腕利きの金瘡医《きんそうい》に診《み》せましたところ、弾の抜け方が絶妙だと褒められ申した」

「ハハハ、絶妙だと褒められたか」

思わず笑った。花井の冗談で笑ったのは初めてかも知れない。

「その節は、大変な御迷惑をおかけ致しました。お頭《かしら》に命を救われました」

急に畏まって、平伏した。

「なに、戦場での助け、助けられはお互い様よ。そんなこと気に病んどると、また鉄砲に狙われるぞ、ハハハ……あのォ、冗談だからな」

実際に撃たれた者に言うべき冗談ではなかった――反省。

「拙者は、もう二度と戦場には出ない。出るべきではないと心に決め申した」

さすがに茂兵衛は驚いた。

「誰かに、なんぞゆわれたんか？」

「阿呆な頭で考えて、自分で決めました」

「おまんまでそんなことを言うのか？」

「手前のような者が、戦場でうろうろしておると、お頭を始め皆様に御迷惑をおかけするだけですから」

「でもよォ。これからどうするつもりだよ。伍助に倣って百姓でもやるか？」

「や、平八郎様に頼んで、郡方《こおりかた》をやらせて頂こうかと考えておりまする」

郡方——農政や徴税を担当する地味な文官である。目端こそ利かないが、正直でのんびりした花井に丁度いい。それに、土牢の中では土壁に刻みを入れ、丹念に仲間が歩いた回数を勘定していた。茂兵衛の見る範囲で、数字に間違いや誤魔化しは一切なかったから、案外帳簿をつけたり、収量の記録をとったりする仕事は向いているのかも知れない。

「お袋様は、さぞや残念がられたろうに」

花井の母親は、倅《せがれ》が戦で武功を挙げることを熱望していた。戦場で目立つようにと派手な甲冑を買い与え、結果として倅の命を危うくしたきらいがある。

「大層泣かれましたが、説得しました」

「ほう。説得したか」

茂兵衛は、大久保忠世の前で、花井と二人で演じた「嘘」を思い出していた。

しどろもどろになることもなく、茂兵衛から言われた通りのことを、花井は過不足なく冷静に喋っていた。最前は茂兵衛を冗談で笑わせたし、泣く母親を説得もしたらしい。

「おい、花井？」

「はい」

「おまん、最近一皮剝《む》けたか？」

「さあ、どうでしょうか？」

照れて赤面し、鬢《びん》の辺りを掻いた。

「よう分かりませんが、以前ほど緊張はせんようになったやも知れません」

以前は、周囲に阿呆がバレないようにと無理をしていたそうな。それが昨年脇腹を撃たれ、死にかけてから「阿呆は阿呆なりでええわい」と思えるようになったという。

「ほうかい」

茂兵衛は嬉しかった。明らかに花井は成長していた。茂兵衛自身も、今のお役目は「自分に合わない」と悩んでいる。花井のように、なにかのきっかけで開き直ることができれば、息苦しさも寛解するのかも知れない。

「花井、郡方になっても、暇を見つけて遊びに来てくれや。酒でも飲もうで」

「は、はい」

阿呆の花井が、とびっきりの笑顔で頷いた。

四

正信に「身の上相談」をする機会はなかなか訪れなかった。家康と氏政が会う日時が早速に決まり、旅の準備で忙しくなったからだ。

具体的な日程は三月九日からの数日間である。場所は、国境《くにざかい》に近い北条領の伊豆国三島《いずのくにみしま》と決まった。旭姫の輿入れは四月とも五月とも言われているから、その前に、どうしても氏政に仁義を切っておかねばならない。

ただ、浜松と三島は、三十里（約百二十キロ）も離れている。

重武装で行軍する場合、徒士《かち》や足軽、小荷駄が歩く速さに合わせるから、日に五里（約二十キロ）進むのが目安になる。だが今回は、物々しく護衛部隊を率いて乗り込むことはしない。北条と徳川は同盟関係にあり、かつ北条の当代氏直は家康の娘婿だからだ。両家の間に危険や諍《いさか》いなど存在しない、との建前である。

一応、家康には二百騎からの騎馬隊が護衛につくが、甲冑を着ける者は百騎で、残りの百騎は平服で行く。足の遅い足軽隊や小荷駄隊は同道しない。これなら機動力に優れ、日に七里半（約三十キロ）は進めそうだ。

本気で日に七里半進むと、三十里は四日の旅程となる。三月九日に三島に着くためには、浜松城を遅くとも三月五日には――否、余裕を見て四日には出たい。今日は三月の二日だから――明後日《あさって》ではないか。茂兵衛に限らず、浜松城内の誰もが出発の準備に追われていた。

（俺ァ、忙しい方がええわ）

屋敷で旅支度をしながら、茂兵衛は考えた。

（こうして忙《せわ》しなく体を動かしておると「居場所がねェ」とか「殿様にどうお答えしよう」とか、面倒なことで思い悩まんで済むからのう）

ここで、茂兵衛はふと作業の手を止めた。

（ま、殿様にどうお答えするかが「面倒なこと」は、ちと語弊があるか、へへ）

と、茂兵衛は上機嫌で、小諸《こもろ》で善四郎たちから餞別《せんべつ》として貰った熊胆《ゆうたん》の残りを、打飼袋《うちかいぶくろ》にしまい込んだ。

（弥八郎様に相談するのは、三島から帰ってからのことでええわ）

なぞと考えているところへ、顔色を変えた寿美が走り込んできた。

「え、弥八郎様が？」

噂をすれば影が射すらしい。

「はい、玄関に……お供も連れずに、お一人で」

殿様の軍師と呼ばれる知恵者の急な来訪を受け、寿美も慌てているようだ。見れば妻の腰の陰から綾乃が覗いている。茂兵衛を上目遣いに見てニヤリと笑った。両親が揃って大慌てしているのが楽しくて仕方ないようだ。

(このガキ、誰に似たんだら？　とんでもねェ性悪に育たねばええが……)

「お酒でも出すのですか？」

「分からんがね。厠《かわや》を借りに寄っただけかも知れんし」

「急に酒だ肴だと言われても、女は困るのですよ」

「分かった。俺が出る。酒となったらすぐに呼ぶから」

「肴はなにを出しますか？」

「干魚《ひざかな》でも、沢庵《たくあん》でも、なんでもええがね」

「沢庵って……恥をかくのは私ですのよ！」

妻が癇癪を起して吼えた。

「これ、声が大きい。広い屋敷でもなし、玄関に聞こえるがや」

大男が前屈みとなり、声を潜めて女房殿の激高を宥《なだ》めた。

「す、すまんかったのう……や、すぐに帰るから」

寿美の咆哮はしっかり玄関にまで伝わっていたようだ。書院に通された正信は恐縮し、こちらも背を丸めて茂兵衛に小声で謝罪した。

「今日、寄らせて貰ったのは、他でもねェ」

家康一行が三島へと発《た》つのは明後日である。そして正信自身は、酒井忠次に配慮して同道しない。そこで、家康に付き従う茂兵衛に「頼みごとをしにきた」というのだ。

「ある北条侍に、この書状を手渡して欲しい」

と、一通の封書を差し出した。

「どなたに？」

丁寧に封緘《ふうかん》された書状を受け取りながら質した。

「北条氏規《うじのり》様と申される」

北条氏規は、北条家三代当主氏康《うじやす》の四男である。長兄の氏政、次兄氏照《うじてる》とは同腹の兄弟だ。現在は相模国三崎《みさき》城主で、伊豆国韮山《にらやま》城代を兼ねる北条の重鎮である。

幼少時、氏規は小田原から人質として駿府に送られた。今川義元《いまがわよしもと》は氏規を厚遇したが、それでも幼い身には、辛いことも多かったであろう。氏規は、同じ境遇で、年齢も屋敷も近かった三河からの人質——松平元信《もとのぶ》と親交を結んだ。「助五《すけご》郎《ろう》殿」「次郎三郎《じろうさぶろう》殿」と呼び合う仲だったという。助五郎は氏規の、次郎三郎は元信こと、後の家康の若き日の通り名である。

氏規は、天正壬午《てんしょうじんご》の乱後の和睦や、翌天正十一年（一五八三）の督《とく》姫と氏直との婚儀などで、北条側の窓口として徳川との折衝を担当した。

「大事な書状なのですか？」

「うん。必ず助五郎様に直接お渡しせよ。誰もおらんところでな。もし、それが適わぬ場合は焼き捨てよ。誰にも見せるな」

（よほど重要な、それも機密に亘る書状と見た。おいおいおい……なんで俺なんだよ。俺を買い被るな）

「あの、書状の内容は如何なる？」

「おまんが知る必要はねェ」

「しかし、文面によっては、それがしも命を張るか、張らないか……覚悟の程が違いまするぞ」

「なんだと？」

二人はしばし睨み合ったが、やがて正信の方が折れた。

「ま、ええわ。文面はな……我が殿から、北条氏政様への起請文よ」

起請文とは、神仏に誓約する形を採った約定書だ。厄除けの護符である牛王宝印《ごおうほういん》を押した上質な料紙《りょうし》に認《したた》められた。この約定を破ると、神仏の罰が誓約した者に当たるという。

「徳川が大坂方に、北条父子の不利益となることは一切言わないこと。北条の領土を一切望まないこと――その二点を誓約しておられる」

「なんと」

唯一の同盟者である北条の疑念を解き、心をつなぎ止めようとする家康の熱意がよく伝わった。しかし、受け止め方によっては、少々卑屈にも感じられる。

「何故、それがしなのですか？」

と、問い質した。思うにこの役目、自分には荷が重過ぎる。なにせ大名同士の約束事である。家康本人が差し出すなり、酒井か榊原のような重臣《おとな》が渡すべきではないのか。今の自分は足軽大将ですらない。一介の馬廻衆《うままわりしゅう》にしか過ぎないのだから。

「たァけ。少しは知恵を回せ」

正信が嘆息を漏らした。

家康本人が差し出しては、鼎《かなえ》の軽重を問われかねない。舐められる。さりとて最近老耄《ろうもう》が著《いちじる》しい酒井に任せるのは不安だ。渡すのを失念しかねない。榊原は論外で、主人家康が卑屈な態度に出るのを嫌い起請文を焼き捨てる恐れがある。

「つまり、ここは、おまんしかおらんわけさ」

「それにしたって……」

いい機会だと思った。今こそ「身の上相談」を正信に持ちかける好機だ。

「それがし、永禄七年（一五六四）に旗指《はたさし》足軽として従って以来、誠に不遜なことながら、平八郎様と馬が合い申す。歳はそれがしが一つ年嵩なれど、実の兄とも思うておりまする。類は友を呼ぶ。つまり植田茂兵衛とは、本多平八郎を二回りほど小粒にした分際、身のほどにござる」

ここで一息《ひといき》入れた。正信は、真剣な眼差しで茂兵衛を見ている。茂兵衛は、さらに言葉を継いだ。

「弥八郎様に伺いまする。平八郎様に、今回のような政治的な書状を託されましょうか？」

正信は静かに瞑目し、首を横に振った。

「人には適材適所というものがございます。足軽隊を率いての先鋒、殿軍《しんがり》を命じられれば、それがし、身命を賭《と》して全う致しましょう。敵陣に突っ込んで敵将の首級を獲ってこいとの御下命であれば、そのように致します。でも、殿の御傍近くに仕え、気働き、知恵働きを求められるお役は、野人にはちと荷が重過ぎまする。今回のお役目も然り。手前を買い被られるのは迷惑にござる」

と、一気にまくし立てた。

「つまり、おまん……馬廻衆を辞めたいということか？」

「御意ッ」

「現場に戻りたいということか？」

「御意ッ」

「あ、そう」

正信が溜息混じりに応じた。少し思案した後、ボソボソと語り始めた。

「実はな、おまんのことは、殿様も案じておられるのよ」

家康が「茂兵衛を馬廻に抜擢《ばってき》したのは誤りだったかも知れん。奴め、窮屈そうにしておるわ」と呟《つぶや》いたというのだ。正信はその時「戦場で輝く者と、帷幕《いばく》で輝く者、本丸御殿で輝く者がございましょうな」と応じたそうな。茂兵衛は、主人が自分の処遇を気にかけてくれていたこと、正信が茂兵衛の適性を理解してくれていたことに甚《いた》く感動した。

「ただな、茂兵衛よ」

「はッ」

「北条との会合は喫緊《きっきん》に迫っておる。出立《しゅったつ》は明後日じゃ。分かって欲しい。今回、確実に宴の席にまで列席するのは、殿の他には、左衛門尉様、小平太殿、そしておまんの三人きり。先ほど申した理由からワシがその書状を託せるのは、貴公だけだということさ」

「ま、そう申せば……確かに」

「おまんの身の振り方に関しては、三島から戻って以降、追々考えるとしてだな。今回は、一つ無理を承知で引き受けてはくれぬか？　なに、渡すだけだよ」

正信は、茂兵衛に向け、片手で拝むような仕草を見せた。

是非もなく了解し、茂兵衛は書状を受け取った。

三月四日の払暁《ふつぎょう》、家康は騎馬二百騎を率い、浜松城の大手門を走り出て東へと向かった。

茂兵衛も、酒井忠次、榊原康政と轡《くつわ》を並べ、家康のすぐ後方で馬を駆った。家康を含めて、この四名は平服である。

「茂兵衛よ」

天竜川《てんりゅうがわ》の浅瀬を渡渉し終わり、一言坂《ひとことざか》に向け馬を進めているとき、榊原康政が、茂兵衛の馬を見て声をかけてきた。上田合戦の折、長年共に戦った雷に死なれ、今は大久保忠世から贈られた三歳の栗毛に乗っている。

「はッ」

「おまん、デカい青毛馬《くろうま》に乗っとったが、上田で死なせたらしいのう」

「はい。敵弾に、背骨を砕かれまして……不憫なことを致しました」

銃弾飛び交う乱戦の中でも、愛馬雷は逃げなかった。茂兵衛が呼ぶと、ゆっくり近づいてきて、そこを撃たれたのだ。大きな目で茂兵衛を見ながら崩れ落ち、そのまま息絶えた。今でも雷の最期を思い出すと、鼻の奥がツンと塩辛くなっていけない。

「ワシも幾度か覚えがあるが、戦場で馬に死なれるのは、なんとも嫌なもんだがや。己が腕を一本失くした心地がするわい」

「御意ッ」

腕一本——さすがに、言い得て妙な表現だと思った。

榊原康政は、平八郎と同年齢だから、今年の正月で三十九歳になった。茂兵衛より一つ若いが、平八郎や井伊直政と並んで旗本先手役《はたもとさきてやく》の旗頭《はたがしら》の一人だ。幼少時は岡崎大樹寺《おかざきだいじゅじ》で暮らしたこともあり、能書家で学識もある。しかし、平八郎と気が合うことでも分かるように、荒武者の一面も持っていて、気性は短気で喧嘩っ早い。口さがない浜松雀たちは「学のある平八郎」「字の上手い本多平八」とも呼んでいる。

「おまんは、上田城で虜《とりこ》となっておったのか？」

榊原越しに、酒井が茂兵衛に声をかけてきた。加齢の所為か、少し舌の回りがよろしくないようだ。

「いえ、上田城の支城たる戸石城に囚われておりました」

「城主は、例の表裏《ひょうり》比興《ひきょう》之《の》者《もの》か？」

「いえ、その御嫡男で、真田源三郎信之様が城番を務めておられ申した」

「源三郎信之は表裏比興之者ではねェのか？」

「これ、左衛門尉」

前を行く家康が、堪《たま》らずに振り向いて酒井を制した。

「年寄りは、無理して若い奴らの話に交らんでええ」

老臣が、陰で笑い物にならぬための配慮だろう。

「若い奴らって……殿、こいつら、もう四十男ですがね」

「そういうおまんは、もう還暦だろうがよ」

「ふん。ちいとばかし、目が老《ふ》け込んだだけですわい」

と、筆頭家老が不満げに呟いた。

「老け込んだのは目ではのうて、ここではねェのか？」

榊原が、酒井の見ていないところで、茂兵衛に向かって己が蟀谷《こめかみ》を指先で叩いてみせたので、茂兵衛は笑いを堪えるのに必死だった。

（筆頭家老が老耄し、次席家老は形式上敵側に寝返った。先手役の旗頭三人は揃って短気で好戦的だ。殿が、弥八郎様をお傍から離さねェわけだ。俺みたいなぼんくらにまで期待を寄せておられるようだが……徳川はつまり人材不足なんだなァ）

前を行く家康の太った背中を見ながら、茂兵衛は主人に同情していた。

五

徳川領と北条領の国境は川である。

下流部は、駿河湾へと流れ込む狩野川《かのがわ》が、上流部では御厨《みくりや》(現在の御殿場市《ごてんばし》)に端を発する黄瀬川《きせがわ》が国境となっていた。

家康一行は、八日の夕刻、黄瀬川西岸の長久保城《ながくぼじょう》へと入り、城番の牧野康成《まきのやすなり》の出迎えを受けた。牧野は、弘治《こうじ》元年(一五五五)生まれの若い城番である。今年の正月で三十二歳。

国境の城は「境目の城」などとも呼ばれ、多くは微妙で難しい役目を担っている。城番には、軍事的指揮者の顔以外にも、隣国との付き合いを担う外交官としての役割が求められた。

殊に、徳川家にとっての北条は、今や天下に唯一無二の同盟国である。軍事的な緊張こそないが、国境の城を預かる牧野の政治的な気苦労、重圧は相当なものかと思われた。

茂兵衛も三十歳で武田領信濃《しなの》との国境の砦を任された。ただ、高根城《たかねじょう》へ赴任したのは長篠戦《ながしののいくさ》の翌年のことで、武田と徳川は没交渉の時期だった。外交関係はなく、茂兵衛としては気が楽であったのを覚えている。仕事といえば、時折、徳川方の村を少人数で襲う山賊もどきの武田衆を、適当に蹴散らす程度でよかったのだから。

牧野康成は、長久保城の大手門に寄騎衆を引き連れて整列し、家康一行を笑顔で迎えた。全員、裃《かみしも》姿である。高根城在番の頃は、茂兵衛も筆頭寄騎の彦左も甲冑姿でいることが多かったが、同盟国との国境の城ともなれば、なまじ城番が武装していることで、誤解や諍いを起こす恐れがあるのかも知れない。柔和な笑顔も職務の一環なのだろう。この手の城番は、無骨な茂兵衛には向かない。喧嘩腰の彦左にはもっと向かない。

「よお、新次郎《しんじろう》、久しいのう。城番大儀」

家康は、牧野の前で手綱を引き、上機嫌で語りかけた。

長久保城は、比高が四百五十丈（約千三百五十メートル）もある位牌岳《いはいだけ》の東の麓《ふもと》に山を背負うような格好で佇んでいた。城の前には黄瀬川の流れ、背後は険しい山塊——要害の地だ。いま、その位牌岳の頂《いただき》に春の陽が沈もうとしている。

「え～っと……」

家康が馬を器用に輪乗りしながら、牧野に質した。家康、こう見えて乗馬が滅法上手い。

「三枚橋城《さんまいばしじよう》は今、松井《まつい》松平の次郎《じろう》が守っておるのか？」

「御意ッ」

牧野が甲高い声で答えた。

三枚橋城は別名沼津城《ぬまづじよう》、長久保城の南方にある狩野川西岸の城である。天正十年（一五八二）に武田氏から徳川が奪取し、以降は松平康親《やすちか》が城番を務めた。三年前に康親が病で急死し、今は嫡男の次郎こと松平康重《やすしげ》が城番を継いでいる。

「三枚橋は廃城とする」

「ええッ」

牧野が顔色を変えた。

「しかし、あの城は先代の左近《さこん》（松平康親）様以来、対北条の抑えの要《かなめ》として近隣の……」

「だからさァ」

馬上の家康が、笑顔で牧野の言葉を遮った。

「そうであればこそ、破却する意味があるのよ」

三枚橋城は狩野川を挟んで、長く北条側の戸倉城《とくらじょう》と相対し、牽制し合ってきたのだ。その要害を自ら破却すれば、北条側に「徳川に敵意はない」と示すことになるだろう。

ただ、家康としては、この堅城を本気で壊すつもりはない。北条側が納得する程度——塀を壊すとか、堀の一部を埋めるとかの破却で十分だ。もし必要となれば、一日か二日で復旧も可能だろう。

「では、廃城ではございませぬな？」

牧野が念を押した。城番の松平康重、あるいは先代の康親に対する配慮と義理立てであろう。

「建前は廃城である。が、実状は塀を壊す程度でええ……そこは察しよ」

「ははッ」

牧野が頭《こうべ》を垂れた。

「それで北条方が納得しましょうか？」

背後で酒井が首を傾げた。

「ならば、三枚橋城に蓄えてある兵糧をすべて北条にくれてやれ」

「こ、米が一万俵ほどもございまするぞ」

牧野が天を仰いだ。

兵一人が日に六合（約九百グラム）の米を食うとして——当時米は、熱源であると同時に蛋白源でもあった。よって大量に食わねば身が持たない——年にざっくり五・五俵が必要だ。三枚橋の城兵が五百とすれば、年間二千七百五十俵の米が要る。一万俵とは、だいたい三年半の籠城戦を想定した兵糧だ。茂兵衛の高根城は兵力百の小城だったが、米蔵には常時、二千俵程度の兵糧を蓄えていたものだ。

「一万俵で二百万石（北条氏）を繋ぎ留められれば安いものよ」

家康が笑い、牧野は了解し頷いた。

「どうせなら、相模守（北条氏政）様に破却の現場をお見せになれば如何？」

酒井がもつれる舌で家康に提案し、家康もこれを諒《りよう》とした。

交渉事ならば兎《と》も角《かく》、この時代、大名同士が「ただ会って、遊ぶ」となれば、それはもう悠長で贅沢《ぜいたく》な日程が組まれるものだ。

会見の予定は以下の如し——明日三月九日に家康が黄瀬川を渡って北条領へと入る。秀吉の妹を娶ることになり、氏政の機嫌を取らねばならない家康の方が遜《へりくだ》り、最初に北条領へと伺候《しこう》する形だ。三島の然るべき寺で両雄は挨拶を交わす。家康はその日のうちに、また黄瀬川を渡って徳川領へと帰る。翌十日は休日とし、三月十一日、今度は氏政が黄瀬川を渡って徳川領内に入り、然るべき寺院で二度目の挨拶を交わす。これで相互に訪問したことになり、両者は対等の関係になった。その後、二人で黄瀬川を渡って北条領内へと戻り、長久保城の対岸にある惣河原《そうかわら》（現在の長泉町上土狩界隈の河原）に天幕を巡らせて酒宴を開く。さらに宴の散会後は、北条方重臣の山角定勝《やまかどさだかつ》が黄瀬川を渡り、徳川領まで家康を見送っていく――実に、実に念の入った式次第である。

「三枚橋城の破却を北条側に見せるなら、最後に見送る山角刑部《ぎょうぶ》（定勝）に、それとなく見せるのが穏当であろうなァ」

家康が酒井に質すと、老臣が大きく頷いた。これ見よがしに、直接氏政に披露するよりも、一旦は重臣に見せ、伝聞の形で遠回しに伝わった方が奥ゆかしくもあり、自然だろう。

「殿、次郎殿をお呼び致しまするか？」

「三枚橋城は、ここから遠いのか？」

家康が山の端に隠れる夕陽を見ながら質した。

「一里半（約六キロ）ほどにござる」

「ま、明日でええわ」

そう言い残すと、家康は鐙《あぶみ》を蹴り、長久保城の大手門を潜った。薄暗くなった中天からは、美しい上弦の月が見下ろしていた。

日が暮れて夕餉《ゆうげ》も済ませた後、家康のお供で、茂兵衛は長久保城の大手門の櫓《やぐら》に上った。

見渡せば黄瀬川を挟んで、半里（約二キロ）東の小高い丘の上で、幾つもの明かりが闇の中に揺れている。

「あの明かりが、北条方の戸倉城だろうよ」

「はッ」

戦国の倣《なら》いである。隣国が境目の城を築けば、こちらも対抗上、防衛拠点としての城なり砦なりを築かねばならない。あの戸倉城も、天正十年（一五八二）までは武田の、それ以降は徳川の持ち城となったこの長久保城と、睨み合ってきたに相違ない。

「明かりの数が多いな」

「御意ッ」

「すでに相模守殿（氏政）が入城されておられるのだろう」

第一回目の会合は明日である。小田原から三島まで箱根を抜ければ七里半（約三十キロ）だ。家康より移動距離は短いが、険しい峠越えをしてきた。今夜は、人も馬も疲労困憊《ひろうこんばい》で熟睡しているはずだ。

「もうすぐ月も沈む。夜討ちをかければ面白いな」

昼から上っている上弦の月は、早くも位牌岳の山陰に隠れようとしていた。

「ご、御本心にございまするか？」

仰天して茂兵衛が質した。

家康が「やれ」と命じるなら、臣下として「やらねば」なるまい。騎馬武者二百に、長久保の城兵が三百。都合五百で氏政の首一つに絞って突っ込めば、あるいは――

「たァけ。冗談じゃ」

「はッ」

安堵して頭を下げた。主従はしばらく黙っていた。

「殿は――」

「あ？」

と、家康が茂兵衛に振り向いた。茂兵衛の方から話しかけてきたので、主人が驚いている。闇の中でもよく分かる。まずかっただろうか。

「相模守様との御面識は？」

「ふん、あるわけねェが」

家康が冷笑した。

「信玄公とも、勝頼公とも、謙信《けんしん》公とも会ったことはねェ。ま、手紙の遣り取りぐらいだわな。大名同士の近所付き合いなんぞ、そんなもんよ」

それでも家康は、今川義元、今川氏真《うじざね》、織田信長、織田信雄、羽柴秀吉との面識はある。言葉を交わしたこともある。なんなら、酒を酌み交わしたことさえあるのだ。「ワシなど、顔が広い方だがや」と自慢した。

「なるほど」

「ただな、相模守殿に関しては、大概の面の想像はついておるから不安はねェ」

「と、申されますと？」

「弟の北条氏規殿と、兄弟そっくりだそうだ。氏規殿は童《わらわ》の頃からの付き合いだわ。兄貴の面もなんとなく想像がつくのさ」

「助五郎様にございまするな」

「ほう、おまん、よう知っとるなァ」

「弥八郎（本多正信）様から伺い申した」

「どうも話が見えんのう。弥八郎と助五郎と茂兵衛……むさい親父三人がどう結びつく？」

「それが……」

茂兵衛は、正信から、北条氏規に家康の起請文を手渡すよう命じられた旨を主人に伝えた。

「ほう、あの起請文をな」

家康はしばらく考えていたが、やがて――

「おまんこそ、助五郎殿の顔を知っておるのか？」

「いえ」

「ならば、北条方で似た面をした御仁を二人捜せ。その若い方が助五郎殿で、年嵩な方が相模守殿よ」

「ははッ」

と、暗い中で頭を垂れた。正直、有難い助言だ。

「助五郎殿はなァ、図抜けた才人ではねェが、やれる範囲のことはきちっと片付ける。嘘ハッタリが少ねェ。ま、信頼がおけるお方だがや」

「ほうほう」

「童の頃から、ワシとは馬が合った。互いに、よく言えば地に足がついとる。悪く言えば打算で動く。面白味もねェ」

「ほうほう」

「ほうほう、ほうほうって……おまんは梟《ふくろう》か？」

面白味のない主人が茂兵衛をからかった。

六

翌日は、朝からよく晴れた。

天正十四年（一五八六）三月九日は、新暦に直せば四月二十七日である。ちょうど菜種梅雨《なたねづゆ》の頃で黄瀬川の水量はやや多かったが、気温が高く、多少は濡れてもさほどに苦ではなかった。家康が率いる平服の騎馬武者百騎は、躊躇《ためら》うことなく浅瀬に馬を乗り入れ、瞬《また》く間に黄瀬川の渡渉を終えた。ここはもう北条領だ。

ただ、背後の長久保城の丸馬出しには、城に残った甲冑姿の百騎と城兵三百がいつでも飛び出し、主人家康の危機に馳せ参じ得るよう、油断なく身構えている。たとえ相手が唯一の同盟国だろうが、当主（氏直）が家康の娘婿だろうが、万が一に備えるのが乱世の心得だ。

家康一行は、前もって双方で合意している会見場の寺へと向かった。すでに氏政一行は到着しており、やはり平服の北条侍たちが家康一行を迎えてくれた。

率直に言って、茂兵衛は戸惑っていた。違和感があった。

今まで仄聞《そくぶん》してきた北条衆と、目の前で笑っている北条衆とは、随分と印象が違う。北条は大国だが、兵は滅法戦に弱く、黒駒合戦《くろこまかっせん》は兵一万で臨み、わずか二千の徳川勢に蹴散らされた。兵が弱いところを数で補おうとして、家臣たちに無理な軍役を課している。

無理な軍役――徳川も織田も、大体一万石当たりの軍役は二百五十人である。つまり「知行五十石（二十五貫）につき兵一人は連れてこい」という話だ。ところが北条での軍役は、八貫当たり一人だという。一貫を二石と計算すれば、十六石当たり一人。一貫を三石で計算しても二十四石当たり一人で、徳川の二乃至三倍以上の厳しい義務と言えた。二百万石の北条家が動員可能な兵力は、常識的には五万人が精々なのだ。ところが、兵の弱いこの家は、臆面もなく八万から十万を出してくる。それでも簡単に負ける。まさに、質より量の阿呆な家で、さぞや酷い苛政を敷いているに違いない。それでいて大きな一揆が起こった話も聞かないから、よほど締め付けが厳しい領国運営なのだろう。

「そんな殿様には仕えたくねェなァ」と、茂兵衛はかねてより思っていたものだ。然るに、今目にしている北条衆は誰もが笑顔で、よく陽に焼け、快活であった。とても、異様に厳しい軍役に喘《あえ》ぎながらも、主人が怖くて物が言えない、哀れな家畜のような侍たちには見えなかったのである。

（ま、相模守様に随行する侍は、皆身分のある連中だからだろうなァ。下の方が苦しんでおるのだろうよ）

そう高を括って、榊原康政に続いて会見場所の本堂へと入った。

禅寺の薄暗い本堂に入っていくと、本尊の釈迦牟尼仏立像に向かって右側に、並んで胡座《あぐら》をかいていた四人の武士が一斉に顔を上げ、こちらを見た。

氏政と氏規の兄弟は即座に分かった。最上座に座った初老の武士と、その隣の中年の武士が、まるで同じ顔をしていたのだ。氏政は家康より四歳上、氏規は家康より三歳若い。氏規は兄氏政を、そのまま七歳若くした姿だ。

「お初にお目にかかりまする。三河守、徳川家康にござる」

「相模守、北条氏政にござる」

やや鼻にかかった甲高い声だ。重々しさや、貫録には欠けるが、決して不快な声ではない。明るく実直そうだ。茂兵衛は好印象を受けた。

実は、このとき家康は、すでに「三河守」ではない。天正五年（一五七七）に右近衛権少将に叙されている。ただ、徳川と言えば「三河」、三河と言えば「徳川」なので、朝廷絡みでもない非公式の場では「三河守」と名乗り、そう呼ばれることが多い。さらに、氏政が相模守であることもあり、家康は敢えて「三河守」を名乗ったものと思われた。

「実は、この度……」

家康と酒井が交互に、秀吉の妹を娶る仕儀となった経緯を説明しはじめた。

その間、茂兵衛は双方四人の武士たちを見比べ愕然としていた。

（ああ、男ぶりでは勝てんなァ）

氏政、氏規の兄弟は美男であった。年相応に老けてはいるが、それでも秀麗で優しげな目鼻立ちは、女心をくすぐるだろう。二人の家臣も、それぞれ立派で気品のある優雅な顔立ちをしていた。

（それに引き比べ、うちの殿様はどうだ……）

肥満した家康は、馬での遠乗りや鷹狩りが好きなので、月代まで赤黒く陽に焼けている。五ヶ国の太守というよりも、富裕な百姓家の旦那にしか見えない。酒井は今年還暦だが、呂律がよく回らず、眼病で目脂《めやに》が多い所為か七十過ぎにも見える。榊原の目つきは凶悪な人殺しのそれだし、茂兵衛は鬼瓦だ。

もし百人の婦女子を集め、容貌の良し悪しで戦の勝ち負けを決めるとしたら、徳川の四人は、北条の四人に対し、百戦して百敗を喫するだろう。実に無念だけれど、これればかりは仕方がない。

「その関白様の妹御……旭姫とやらは、つまり三河殿が大坂へ安心して行かれるための……ま、語弊はあろうが、人質ということにござるか？」

氏政が身を乗り出した。

「有り体に申せば、その通りにござろう」

家康が答えた。

「つまり、関白が人質を出すのは不体裁ゆえ、婚礼という形を取り繕ったと？」

「御明察」

「それだけのために、わざわざ夫婦を離縁させ、妹を嫁に出すと？」

「なにせ、故右大臣家（信長）の草履取りから関白にまで成り上がった御仁、やることなすこと稀有壮大に過ぎ、我ら凡人はついていけませんわい」

「さにあらんや」

氏政が鷹揚に笑った。

その日は一刻（約二時間）ほど語り合った後、散会となった。家康一行は、氏政、氏規兄弟に見送られ、朝来た道を戻り、黄瀬川を渡り、長久保城へと陽のあるうちに辿り着いた。茂兵衛が、家康の起請文を氏規に手渡す機会は、遂に訪れなかった。

翌十日は、家康と氏政の出番はなく、双方の使者が進物品の目録を手に行き来した。

まず家康から氏政への進物品の目録は以下の通り。

虎皮が五枚、豹皮が五枚、織物三百反、猩々緋《しょうじょうひ》の陣羽織、銘刀等々。

虎と豹は本邦には棲息しないから、当然舶来品である。敷物にしてよし、甲冑や陣羽織、旗指物の装飾とするもまたよし、用途は意外に広い。織物の三百反は、一反が「成人の着物一着分」だから、凡《おお》そ三百人分である。総じて、なかなかに贅を凝《こ》らした贈答品だ。

次に、氏政から家康への進物として、珍味の塩漬十樽（鯛・白鳥・鴨）、銘刀、大鷹十羽、馬十頭等々の目録が贈られた。こちらは高価云々というよりも、鷹狩りや乗馬を念頭に置き、家康の嗜好《しこう》への配慮が感じられる。

三日目の三月十一日。

今度は氏政、氏規らが黄瀬川を渡り徳川領を訪れた。一昨日と同様の挨拶が交わされた後、徳川勢、北条勢が仲良くうち揃い、再び黄瀬川を渡り、北条領へと入った。

長久保城のすぐ対岸、城門の櫓がよく見える場所にある惣河原に天幕を巡らせ、野外での酒宴が挙行された。

「これは美味い。銘品にござるな」

家康が感嘆の声を上げた。北条側が用意した伊豆国韮山で醸す「江川酒《えがわざけ》」を一口飲んだ感想である。茂兵衛も試したが、果実のように甘くて濃厚な味わいだ。鄙《ひな》びた濁り酒ではなく、よく澄んでいる。なにか特殊な濾過《ろか》の方法でもあるのだろう。この時季に旬を迎えた薇《ぜんまい》、筍《たけのこ》、鰆《さわら》や鯛《たい》、白子《しらこ》なども膳を彩った。

心地よい春の風と美味い酒肴に乗せられ、誰もが江川酒を過ごし、大酔した。

宴のよいところ——あるいは恐ろしいところは、その人物の本性が知れることだ。人は誰もが仮面を被り地金《じがね》を隠して暮らすものだが、その仮面を酔いが剝《は》がしてくれる。

ただ、家康の起請文を手渡さねばならない茂兵衛は、おいそれと仮面を外すわけにはいかない。仕事に障る。飲んだふりをして、早目に盃《さかずき》を膳に戻すようにしていた。ところが隣席の榊原がその小芝居を見咎め、絡んできた。

「こら茂兵衛……おまん、まったく飲んでおらんではねェか」

「いえいえ、頂いておりまする」

と、慌てて盃を取り上げ飲み干すと、すかさず榊原が並々と注いだ。

「ほれ、飲め」

「頂きまする」

飲み干した。また注がれる。茂兵衛は下戸でこそないが、酒豪でもない。

(参ったなァ……これ以上酔うと、呂律が回らんようになるぞ)

目の端に、北条側で氏規が席を立つのが見えた。小便だろうか。千歳一遇《せんざいいちぐう》の機会である。自分も厠へいく素振りで氏規の後を追い、呼び止めて、正信に託された書状を手渡せばいい。役目はそれで終わる。席を立とうとすると、傍らから袴の腰板を摑まれ、褥《しとね》の上に戻された。榊原である。

「こらァ、逃げるな」

睨んだその目が異様に据わっている。

（ああ……よ、酔うておられるなァ）

「秀吉の野郎が、どうして結納の使者に、わざわざワシを選んで、大坂に呼びつけたか知っとるか？」

酔漢が茂兵衛に向き直った。腰を据えて絡むつもりのようだ。

「そ、それはですな……」

酔っ払いを刺激しないような、巧妙な返事でないと後が厄介になる。

「徳川四天王のお一人にあれば、天下に誉れの豪傑だからでございましょう」

徳川四天王──酒井忠次、榊原康政、本多忠勝、井伊直政の四人である。ちなみに命名者は、敵方の秀吉だ。

「違う、そうではねェ。秀吉はな……麾下《きか》の大名諸侯の前で、恨み骨髄のワシを嬲り者にしたかったのよ」

完全に間違ってはいるが、一応の筋は通っていなくもない。

小牧長久手戦の折、戦線が膠着した頃、一度だけ家康は秀吉を挑発した。秀吉の出自が卑しいこと、主筋である信長の三男、織田信孝《のぶたか》を殺したことなどを能筆家でもある榊原に大書させ、高札のような形で土塁の上に掲げさせたのだ。

秀吉は、そのことを深く恨み、自分に恥をかかせた——と、榊原は主張しているのだ。ま、辻褄は合っている。ただ、彼が大坂城内で恥をかかされたという話は一切聞かない。むしろ秀吉は「英雄豪傑」と持ち上げ、沢山の褒美をくれたそうな。

（要は、悪口を言った徳川の家臣でも、秀吉は許すと手前《てめ》ェの寛容さをひけらかしたかっただけじゃねェのか？）

そんなことより、氏規が厠から戻ってきてしまう。気が気ではない。押して立ち上がろうとしたが、また袴を摑まれた。しかし、お役目が大事だ。思わずその手を払いのけた。

「あ、この野郎……」

榊原が、さすがに色を成した。

「し、小便にござる。小便が漏れまする」

咄嗟《とっさ》についた嘘が、茂兵衛を救った。

「なんだ、小便か……ま、出るもんはしょうがねェわなァ。早う始末してこいや。話は、まだまだ続くがね」

（あ、あいや……）

ま、役目が終われば、なんぼでもお付き合いしよう。小腰を屈めて退席した。

「もし、助五郎様」

厠から戻ってきた氏規の袖を引き、天幕の陰へと導き、片膝を突いて控えた。

氏規は立ったままだ。

「それがしは、三河守が馬廻にて植田茂兵衛と申す者にございます。上役の本多正信から、貴方様宛の書状を預かってきております る」

「ほう、弥八郎殿からの書状とな？」

兄とは少し違い、落ち着いた低い声だ。茂兵衛を警戒していた表情が少し緩んだ。どこでどう繋がっているのかは知らんが、正信への信頼の証だろう。茂兵衛は懐から書状を取り出し、捧げ持つようにして差し出した。

「この場で拝見しても宜しいか？」

「他言さえお控え頂ければ、後はお任せ致しまする」

茂兵衛が頷いた。人目を避けてこっそりと渡すまでが仕事だ。その後は知らない。氏規は封書を手早く開き、ざっと目を通した。

「これは……三河守様の起請文であるように見えるが？」

「御意ッ」

しばらくの間、上と下とで睨み合った。

「分かった。悪《あ》しゅうはせん」

と、封書を懐にしまい、立ち去りかけて足を止めた。

「植田殿とやら……弥八郎殿にお伝え頂きたい」

「ははッ」

「今後、北条と徳川の間には、幾度か疑心暗鬼のようなものが芽生えるであろうが、せめてワシと弥八郎殿の間だけは、相手を信じあって参りたいものと」

「確と、お伝え致しまする」

無事に役目を終え、茂兵衛が微笑んだ。

七

「結局のところ、沼田は如何なりましょうかな？」

宴もたけなわといった頃、ふと盃を膳に置き、氏政が家康に質した。「沼田」と聞いて一座は急に静まった。

「我ら北条は、和睦書の条項通りに佐久《さく》を手放した。しかるに、沼田は今もって帰ってこない。真田の城番が頑張ってござる。これでは、約定を守った北条だけが損籤を引くことに、なりはしませぬかな？」

「まったくもって、面目ござらん」

と、家康が頭を下げた。

「ただ、真田めが大坂方に寝返った今となっては、沼田はそれがしの力の及ばぬ土地にござるゆえ……」

「それは、徳川殿と真田の事情でござろう。我ら北条は真田と、まいてや大坂方と約定を結んだわけではない。徳川殿、貴公との間で約定したのでござるぞ」

「それは……」

家康が口籠った。氏政の言葉は、蓋《けだ》し正論であった。

茂兵衛はふと気づいた。氏規が、茂兵衛を睨んでいる。

（な、なんだ？）

氏規は懐から、最前茂兵衛が手渡した起請文をわずかに覗かせ、茂兵衛に頷いてみせた。

（なにか俺に許しを乞うとる感じだわ。起請文を使いたいってことかな？）

――よく分からなかったが、とりあえず頷き返した。ま、無責任な仕儀だが仕方がない。

すると氏規は、傍らの兄氏政に、家康の起請文を手渡したのだ。氏政は封書を開いてザッと目を通し、驚いたような目をして家康を見た。

その起請文には「徳川が大坂方に、北条父子の不利益となることは一切言わないこと。北条の領土を一切望まないこと」が認められている。

家康が、氏政の目を見て深く頷いた。

しばらく沈黙が流れた後、氏政が深い溜息を吐いた。

「沼田領は確か二万七千石ほど。ま、二百万石と百五十万石の太守が、わずか二万数千のことで仲違いするのも、愚かなことか」

氏政が、まるで独り言のように呟いた。

家康は、すがるような目で氏政を見つめている。この沼田問題が拗《こじ》れ、北条と徳川が手切れとなれば、家康は領地を大きく削る覚悟で秀吉の前に平伏するしかないのだ。

「かの地には、多くの北条武士の血が流れてござる。北条が沼田を諦めることは決してござらん」

氏政が念を押した。

「ただ、今は徳川と北条の厚誼を優先し、ひとまず棚上げにする……そう御理解頂きたい」

「有難いことにござる。忝《かたじけな》いことにござる」

と、家康が頭を下げた。

「さ、さ、皆の衆……沼田の話はこれまでとし、今日は楽しく飲みましょうぞ」

脇から氏規が笑顔で場を盛り上げ、皆、元のように宴を楽しみ始めた。

「しゃ、しゃ、相模守様……」

酒井忠次が氏政に話しかけた。酔いも相俟《あいま》って、かなり呂律が回っていない。

「拙者、三河の田舎では舞の名手として、些《いささ》か名が知れておりまする」

家康が苦虫を嚙んだような顔をして、泥酔だが老衰だか分からない家老を睨んでいる。酒井が舞の名手などとは終《つい》ぞ聞いたことがない。

「お許しを得て、一曲舞いたいと存ずるが、如何にござろう」

「ああ、それは是非拝見したいな」

娯楽の乏しい時代である。舞や謡《うた》いは、なによりの座興であった。

「だ、大丈夫か左衛門尉？」

家康が、老人を案じて声をかけたときには、酒井はすでに立ち上がっていた。

「ほ〜れ、ほ〜れ、海老だがや〜」

徳川の筆頭家老が袴の股立《ももだ》ちを取り、汚い脛を剝き出しにして踊り始めたのは高尚な舞に非ず。百姓たちが村の宴で舞う即興の舞踊であった。

（なにが舞の名手か……これ、泥鰌《どじょう》すくいではねェか。北条の貴人たちの物笑いになるだけだがね）

茂兵衛は心中で嘆息を漏らした。しかし、家康と茂兵衛の心配を他所《よそ》に、座は異様な盛り上がりを見せたのである。爆笑に継ぐ爆笑。拍手喝采だ。

「よ〜し、ワシも舞うぞ」

と、袴の裾をたくし上げながら氏政が立ち上がった。北条の総師に田舎踊りの心得などあるはずがない。只々、酒井に合わせて手足を振り回しているだけなのだが、これがまた大いに受けた。

「ほ〜れ、ほ〜れ、海老だがや〜」

北条の大将一人を踊らせるわけにはいかない。家康も引き攣《つ》った笑いを浮かべながら、立って踊り始めた。誰もが踊りの輪に入ろうとするので茂兵衛も立ちかけたが、またしても榊原に袴を摑まれた。

「話は……まだ終わってねェわ」

完全に目が逝《い》っている。こうなれば、酔漢に地獄まで付き合うしかあるまい。


この酒宴に参加したある武士は後日「お二方（家康と氏政）、御乱酒」と書き残したそうな。

往時の酒は酒精《アルコール》の度数も低く、大酔するには、相当大量に飲まなければならない。かなり長時間にわたる酒池肉林であったことが窺える。北条衆も三河衆も大いに飲み、笑い、謡い、踊った午後であった。

家康と氏政は意気投合し、その後、三枚橋城の城壁の破却と、兵糧米一万俵の北条への贈答が、言葉の通り実行されたのは言うまでもない。徳川と北条の紐帯は確実に深まったのだ。

これは茂兵衛が浜松に戻った後に知ったことだが、北条氏政は心優しく、なかなか人望があるそうな。武将としての才覚は大したこともないが、兄弟仲や重臣たちとの関係性が良好で、皆が嬉々として彼を支えているそうな。人の輪、心の和が北条領にはあったのだ。

氏政が当主のとき、北条領の年貢は二公八民であったという。北条家は収穫量の二割しか取らない。八割は農民のものとなる。これは破格だ。農民による隠し田が露見した場合、北条は、その者の年貢を五公五民に釣り上げた。ところが、それ以外の罰則はなく、翌年は隠し田も含めて二公八民に戻して収税したという。なんとも長閑《のどか》な治世ではないか。

食うか食われるかの戦国期は、どこの大名も苛政を敷いた。敷かざるを得なかったのだ。甚《はなはだ》しきは、九公一民という非人道的な料率まであったと聞く（島津《しまづ》氏など）。農民たちは北条氏の支配を喜び、武田や上杉、佐竹《さたけ》に占領されることを極度に恐れた。北条家は早雲《そううん》、氏綱《うじつな》、氏康と英傑が三代続き、徐々に強大化したが、その版図が最大化したのは、なんと凡庸を疑われる四代氏政のときだったのである。事程左様に、人の輪、心の和とは強いものなのだ。

北条のあの圧倒的な動員力と、同時に不思議なまでの戦の弱さは、農民たちの自発的な従軍の「なせる業」だったのである。無理な軍役を課し、家臣の反抗も、農民の一揆もすべて力でねじ伏せる専制国家――北条に対して、そんな一方的な印象しか持てなかった自分の不明を、茂兵衛は恥じた。

（氏政はええ奴だなァ。北条侍たちが、明るかったのはそんな家風だからだろう。俺ァ北条が嫌いじゃねェわ）

と、茂兵衛は思った。しかし、概して「ええ奴」が生き残れないのが、乱世の倣いでもある。

第四章　家康、秀吉に会う

一

三島《みしま》からの帰途、家康一行は駿府《すんぷ》に一泊した。家康は昨年から、旧今川館のすぐ東に駿府城を築いている。まだ普請は途上だが、石垣や天守を備える近代的な城郭となるはずだ。その一部、すでに完成している本丸御殿に一行は宿泊した。

「ああ、気分がええ」

北条との紐帯《ちゆうたい》が深まり、沼田《ぬまた》問題の棚上げについても氏政の言質《げんち》を取った。自分は後顧の憂いがなくなり、対する秀吉は地震の影響で身動きがとれない。

「ざまを見ろ。なにもかにも上手くいき過ぎて、怖いぐらいだがね」

家康は終始上機嫌であった。今宵も上座で扇子を使いながら、築城を指揮する松平家忠《いえただ》にニコリと微笑《ほほえ》みかけた。酒井と榊原、茂兵衛も控えている。

「ええか。今年中に、ワシは浜松《はままつ》からここ駿府に移り住むぞ」

「こ、今年中に？」

「ほうだがや。今年中に徳川の本拠地を駿府に移すのよ」

「ええッ」

家忠と酒井、榊原は勿論、茂兵衛までが驚きの声を上げた。永禄《えいろく》十一年（一五六八）に当時今川領だった曳馬城《ひくまじょう》を落とした後に、十六年間も徳川の本拠地となっていた浜松城である。今では城下も発展し、大層な賑わいを見せている。新たに城を建てるからには、いずれ移るものとは思っていたが、そもそも、まだ完成すらしていないのだ。

「驚くほどのことはねェ。堀と石垣が完成しとるんだ。守るに不足はあるまい」

「浜松城は如何なされまするのか？」

榊原が質《ただ》した。

「菅沼《すがぬま》の勝蔵《かつぞう》（定政《さだまさ》）を城番に据えて守らせる」

「この五月には、関白様の妹御が浜松にお見えになりまする。旭姫様をお迎えする準備と、駿府への引越しを並行して行うことになりまするぞ」

酒井は不安げだ。なにせ大名の居城の移転である。引越しも一大事業となる。

「何故あえて今なのか？　今少しお待ち頂ければ、もそっと堅固な城とした上でお迎えできますものを」

家忠が気色ばんで質《ただ》した。今年三十二歳の松平家忠は、茂兵衛とも因縁《いんねん》が深い深溝《ふこうず》松平の四代目当主である。通称は又八郎《またはちろう》。茂兵衛は、父親の松平伊忠《これただ》の指揮下にあったことがあり、大層鍛えられた。

「又八郎の気持ちも分かるが、ただな……」

尾張国《おわりのくに》と三河国《みかわのくに》の境は、知多《ちた》半島の付け根から三河湾に流れ込む境川《さかいがわ》である。境川から浜松城までは二十里（約八十キロ）もない。一方、伊豆国《いずのくに》と駿河《するが》の国境《くにざかい》は件《くだん》の黄瀬川《きせがわ》だ。黄瀬川から浜松城までは、三十里（約百二十キロ）以上もある。今回の旅を通じて家康は、如何にも敵地に近く、同盟者から遠い浜松城の立地に不安を覚えたというのだ。

「駿府ならば、尾張との国境から四十里（約百六十キロ）もある」

もし秀吉が駿府を攻めるとなれば、四十里の行軍の間に、岡崎城《おかざきじょう》、吉田城《よしだじょう》、浜松城、掛川城《かけがわじょう》と堅固な城を四つ落とし、天竜川《てんりゅうがわ》と大井川《おおいがわ》、安倍川《あべかわ》という大河を渡渉せねばならない。さしもの大軍も辟易するだろう。疲労困憊《ひろうこんぱい》となって辿り着いた駿府城には、徳川の本隊が爪を研《と》いで待ち構えているのだ。まさに以逸待労《いいつたいろう》の格言そのままではないか。

「それにだな。浜松城を本拠地に決めた当時、徳川の脅威は必ず東から来たものよ。今川、北条、武田然りだがや」

浜松城の東には天竜川が流れており、東からくる外敵に対して、天然の外堀となっていた。しかるに現在の主敵は、西からやってくる秀吉だ。背後に天竜川を背負って戦えば、常に背水の陣を敷くことになる。

「背水の陣などとゆう策は、ここ一番、伸《の》るか反《そ》るかの大勝負で使うべき奇手である。朝から晩まで続けておったら、味方は疲労困憊するわい」

その点、ここ駿府なら、城のすぐ西を安倍川が流れている。前に大河を置いて敵と相対する——兵法に適《かな》うと家康は説いた。

(ま、御説の通りかも知れんが、ここ駿府は平城で大軍に囲まれたら一たまりもねェわなァ)

むしろ家康は、安倍川のさらに西に連なる、比高百六十丈(約四百八十メートル)ほどの山々に着眼しているのかも知れない。満観峰《まんかんほう》、高草山《たかくさやま》などを擁し、平地からそそり立つ急峻な山塊だ。徳川勢が山腹に柵を巡らし、山全体を土塁として使えば、秀吉の大軍は難渋するだろう。

「つまり殿は、秀吉と戦われるおつもりか？」

酒井が不安げに質した。

「まさか。阿呆の平八郎じゃあるまいし」

「……う」

榊原が月代《さかやき》の辺りを指で掻いた。彼も平八郎に劣らぬ対大坂《おおさか》強硬派であったが、結納を届けに大坂城に赴いて以降、秀吉の悪口は言っても、戦《いくさ》云々の過激な言動は鳴りを潜めている。大坂城の規模と、居並んだ大大名たちの顔ぶれに、現実を認識したということかも知れない。

「しかも殿は、奥州《おうしゅう》の伊達と誼《よしみ》を通じておられる」

酒井が続けた。

「傍から見れば、これはどうみても大坂への備えとしか見えませぬ。語弊はございましょうが、やる気満々に見え申す」

（ああ、乙部もそんなことをゆうてたなァ）

茂兵衛は、八《やつ》ヶ岳《たけ》山麓の信玄棒道《ぼうみち》で交わされた会話を思い出していた。乙部は茂兵衛に「骨休みをしろ」と助言してくれたが、こうして家康の傍でビクビクしながら暮らすのが「骨休み」になるのだろうか。

「だからさァ。今のところ戦うつもりはねェのよ。ただ、やる素振りだけは見せておかなきゃなァ。戦の覚悟を示さねば、交渉にすらなるまいよ」

上り調子にある伊達は、惣無事令を奥州に発布されては困る。それ以上の領土拡大が出来なくなるからだ。また北条は、領民を含めた家内の結束と信玄や謙信を撃退した巨大な小田原城と二百万石を頼り、大坂方に屈する気は薄い。徳川を含めた三者が組めば、秀吉と互角以上の戦いができるだろう。ただ、対大坂の最前線に位置する徳川が日和《ひよ》っては、小田原《おだわら》も会津《あいづ》も動揺しかねない。ただでさえ、旭姫を娶《めと》ることで、大坂と徳川の接近が噂されているのだ。ここは、駿府に移り、和戦両様を示唆することが肝要だと家康は主張した。

「な、なるほど」

酒井も榊原も家忠も、納得したようだ。

「しかし、旭姫様の御輿入れと引越し、二正面の闘いとなりましょうな」

「そこは小さなことだわ。奉行を分けるさ。旭殿をお迎えする奉行と、駿府への引越しを監督する奉行をそれぞれ立てる」

秀吉の使者を最初に応接した酒井と、結納を大坂城に届けた榊原が、旭姫を受け入れる奉行に就任するのはいいとして、駿府城への引越しの奉行は誰が相当であろうか——。

「茂兵衛、おまん、平八とはもう和解したのか？」

「わ、和解もなにも」

茂兵衛は慌てた。茂兵衛としては、大恩人である平八郎と「諍いがあった」事実そのものを認めたくない。

「そもそも諍いなど一切ございません。それがしは何時でも、平八郎様の……」

「したのか⁉　和解」

「い、致しました」

茂兵衛流のまどろっこしさに焦《じ》れた家康が癇癪《かんしゃく》を起こしかけたので、慌てて平伏した。

「ならば、平八を引越し奉行に任じよう。茂兵衛、おまんが平八を寄騎せい」

「ははッ」

久しぶりに平八郎の下で働ける。茂兵衛は嬉しかった。旗指《はたさし》足軽として平八郎の旗印を掲げて遠江《とおとうみ》の荒野を走り回った頃が懐かしく思い出された。それに、引越しの監督なら、馬廻衆《うままわりしゅう》のように苦手な知恵働きや気働きに四苦八苦させられることもないだろう。荷物を運ぶ人足や小者たちを怒鳴りつけるのが仕事だ。どちらかと言えば、足軽大将に近い。素のままの自分でも務まりそうだ。

明朝も早いということで、一同は主人の前を辞したが、茂兵衛は家康から呼び止められ、一人だけ後に残った。

「おまん、黄瀬川で助五郎殿となんぞ喋ったのか？」

家康が質した。

「いえ、殿の起請文を『弥八郎様から』と申し、手渡しただけにございまする」

「あ、そう」

そう言ったなり家康は考え事を始め、主従の間には沈黙が流れた。

「あ、それから、今一つございます」

「なんだら？」

家康が大きな目で、ギョロリと睨んだ。

「弥八郎様宛に言伝《ことづて》を承りましてございます」

茂兵衛は家康に、氏規の言葉をそのまま伝えることにした。

「助五郎様曰く……北条と徳川の間には、今後幾度か疑心暗鬼が芽生えるであろうが、せめて御自分と弥八郎様の間だけは、相手を信じあって事を進めていきたい、そのように仰せでございました」

「ふ〜ん」

家康は気のない反応を示し、その後はしばらく黙っていたが、やがて――

「互いへの信頼か……肝要なことではあるが、ま、言うに安く、行うに難《かた》い話だな。人と人との信頼感など、欲と恐怖の前には脆《もろ》いものよ」

家康は独り言のように呟《つぶや》き、幾度か頷き、そして話を続けた。

「大概ぼんくらなおまんを、どうしてワシが傍に置きたがるか、分かるか？」

「や、皆目見当も……」

ぼんくらだけに分からない。

「植田茂兵衛には、欲と恐怖の念が薄い。だから信頼に足るのよ。欲張りと小心者は、多少賢くとも信用が置けん。自分自身でそう感じる。しかし、その手の輩《やから》の方が、そこそこ出世するからなァ。それが世の中というものさ。分かるか？」

「ははッ」

正直よく分からない。

そもそも家康は、自分のことを「欲張りで小心者」だと自嘲しているのだろうか。そうも聞こえる。「欲張り」を「吝《ケチ》」と、「小心者」を「慎重」と言い換えられるなら、まさに家康そのものではあるが……。いずれにせよ、できれば、主人との禅問答からは解放されたかった。

（や、待てよ。殿様は、欲と恐怖が薄い俺を好んでお使いになる。だとしたら、俺に倍して欲や恐怖と無縁の御仁が数人おられるわなァ）

そう、本多平八郎、榊原康政、井伊直政──旗本先手役《はたもとさきてやく》の三侍大将である。旗本先手役の他の侍大将たちは、徳川の領地が広がるに連れて、奉行や城代となって各地に散っていった。大久保忠世然り、大須賀康高《おおすがやすたか》然り、鳥居元忠然りである。ただ、平八郎と小平太と万千代の三人を、家康が地方に送ることはなかった。今も手元に置き、浜松城下に住まわせている。家康が不在となれば、ときには徳川全軍を指揮するほどの立場になっても、平八郎たち三人は、己が居城すら持っていない。己が生まれた古い館を、岡崎や井伊谷《いいのや》に所有している程度だ。大久保らが、奉行職をこなしながらも任地に土着し、徳川領内での地方政権化、小大名化を志向しているのと大きく異なる点だ。

（ほうだら。もし、あの三人にも欲があるならよォ、「自分にも城をくれ」と文句を言い出すだろうからなァ。遠慮するような奥ゆかしい玉でもねェし……）

「こら茂兵衛、ワシの話を聞いとるのか！」

物思いに耽っていたら、殿様から叱られた。

「む、無論聞いております る」

と、慌てて平伏した。

「聞いておったなら、ゆうてみりん。なんの話をしておったか？」

「それは……」

耳の奥にわずかに残る言葉の断片を、必死に掻き集めた。

「け、獣《けもの》の扱い方を……」

「獣などとはゆうておらん。平八郎の扱い方と申したんだわ」

「こ、これはしたり。これはしたり」

再度、額を畳に擦りつけた。主人の面前で大恩人でもある平八郎のことを獣呼ばわりしてしまった。

「ま、ええわ。大体話の文脈は合っておる」

「……え」

どんな話だったのだろうか。家康は前屈みになり、茂兵衛を手招きした。

茂兵衛が一礼し、膝でにじり寄ると、家康は声を潜めて耳打ちした。

「ええか。平八を引越しの奉行に任じるのは、言わば厄介払いよ。あのたァけが、ワシの婚礼にチャチャを入れてきたら堪《たま》らんからのう。分かるな」

「は、はい」

今度はなんとなく理解ができた。秀吉の妹が浜松に来て、秀吉嫌いな平八郎が紳士的に振る舞うとは考え難い。無礼な振る舞い、奇行を未然に防ごうと、遠ざけておくべく、駿府への引越し奉行を任せるというのだろう。蓋《けだ》し、妙手である。

「おまんの役目は、あのたァけから目を離さんことだがね」

「目を？」

「ほうだがや。婚礼中に野郎が少しでも旭殿に無礼を働いたら、すべておまんの罪科とする」

「ええッ」

「一々目を剝《む》くな、たァけ」

扇子の先端で月代の辺りをペチンと叩かれた。

「平八の阿呆は、秀吉との戦を望んでおる。あの馬鹿は本気で勝てると思うとる。下手をすれば旭殿を殺しかねん」

「ま、まさか、なんぼなんでも……」

「いんや。平八ならやりかねん」

秀吉の妹を、家康の家臣が刺し殺せば、間違いなく大坂方は、半狂乱となって三河国境へと押し寄せてくるだろう。徳川は壊滅する。

「おまんも、舎弟面《づら》して、平八にペコペコしてるだけが能じゃあるめェ。駄目なことは駄目だとちゃんと伝えろ。一昨年、おまん浜松城の大広間《たまり》で平八にブン殴られたであろう」

半分は家康が殴らせたようなものだ。

「あれでええんだわ。正しいことゆうて、ぶん殴られたなら、殴った方が悪い」

（でも、痛いのは俺だわなァ）

平八郎から殴られると、顔も痛いが心が痛む。

「なんにしろ、平八をワシの婚礼の席から遠ざけろ。おまんの才覚と責任でな」

無慈悲な主人が、ニヤリと笑った。

二

「や、そんなこたァねェと思うぞ」

丑松が、盃をあおる手を止めて言った。浜松に戻って後、茂兵衛と丑松は、信州にいる辰蔵の留守屋敷に実妹のタキを訪れ、兄妹三人で酒を楽しんでいる。

「殿は、むしろ喜んでおられる」

丑松の主人は本多平八郎である。

「小賢《こざか》しい秀吉めが困り果て『遂には、徳川に人質を差し出してきた』と大喜びされとるがね」

「ほうかい。ほうかい」

茂兵衛は膝に四歳になった松之助を抱き、肴として出された旬の鮎を箸で毟《むし》りながら二度頷いた。

（よかった。平八郎様がそういう風に受け止めておられれば、一安心だわ）

家康の懸念は杞憂《きゆう》だったようだ。平八郎が旭姫を惨殺し、自分は責めを負って切腹、徳川は激怒した大坂方によって壊滅させられる――との最悪の展開は避けられそうだ。

「それに殿は、駿府への移転も大乗り気だがや」

「ほうかい。そらよかったのう」

平八郎が乗り気なら、引越しも順調に進むだろう。

「駿府を本拠地にすれば、真田を攻めるにも都合がええとゆわれとった。上田《うえだ》城《じょう》攻略に本腰を入れるとすれば、家康公は本陣を甲府《こうふ》に置かれるだろうから、駿府なら随分近くなって都合ええそうだわ」

駿府と甲府は二十五里（約百キロ）ほど離れているが、急げば四日で着陣可能だ。対して、浜松から甲府は四十四里（約百七十六キロ）もある。七日では着かないし、兵馬が疲労困憊となってしまう。

「平八郎様は、真田を攻める気なのか？」

「そらそうさ。去年の上田攻めで『徳川の士気がだだ下がった』と、殿は真田に恨み骨髄だからな。仇打ちをして、徳川に自信を取り戻させるおつもりだわ」

「うむ……ま、そうだのう」

一応、真田は大坂方だ。徳川が本気で上田を攻めれば、秀吉が黙っていまい。

（や、秀吉は文句ぐらいはゆうてくるやも知れんが、今軍勢は出してこねェ。秀

吉は、地震の後始末で戦どころでねェわ。ま、それを分かって殿様は強気に出ておられるからなァ）

膝の松之助は、茂兵衛の種ではあるが、形の上では両親を亡くした遠縁の子として、辰蔵とタキの夫婦が養育している。子柄は、茂兵衛にはまったく似ていない。容貌は綾女似で小顔だ。鬼瓦風の親父とは正反対で美男の性質である。言葉は少ないが思慮深く、時には物事の本質を鋭くえぐるとタキから聞いている。

（つくづく似てねェ。本当に俺の種か？　綾女殿は知り合った頃とは別人だった。女だてらに隠密稼業になんぞ手を染めおって……だ、誰の種やら知れたもんじゃねェわ）

しかし、おそらく自分の種であることは間違いあるまい。こうして膝に抱いて、背後から松之助の顎の輪郭、耳の形などを見ていると、実姉である綾乃とまったく同じ形状をしているからだ。

（姉と弟か……妙なところが、似るもんだなァ）

ふと気づくと、タキが思い詰めたような目をして、茂兵衛を睨んでいる。

「なんら？」

「べ、別に」

と、思わせぶりに目を逸らした。

「いいたいことがあるなら、ゆうてみりん」

「じゃ、ゆうけど……兄《あに》さん、怒っちゃいけませんよ」

「怒るもんかい。ゆうてみりん」

「松之助ね……」

ここでタキは、まるで勇気を溜め込むように、大きく息を吸った。

「大人になったら、綾乃様と夫婦《めおと》になりたいんですって」

「た、た、たァけ！」

あまりの衝撃に、舌がもつれ、背骨の幾つかが外れた印象だ。腹違いの姉と弟が、それと知らずに愛し合う未来とはおぞましい。その手の話は、源氏物語の中だけで腹が一杯である——読んだことこそないが。

「ほら、怒った。ゆうんじゃなかった」

タキが嘆息を漏らした。

「お、おい松之助……」

茂兵衛は、膝の上の少年に小言を並べた。

「おまん、大変な考え違いをしとるぞ。綾乃はいかん。綾乃だけは止めておけ」

「?」

松之助は怪訝《けげん》な表情を浮かべ、伯父を見上げて小首を傾《かし》げた。

「大体、あの娘は性格が歪んでおる。今はまだ猫を被っておるが、いずれは馬脚を露わす。綾乃は、性悪よ」

四歳の少年は、大きくて優しい伯父が、何を周章狼狽《しゅうしょうろうばい》しているのか分からず、只々茂兵衛を見つめている。

「兄ィ、子供がゆうたことだら。一々目くじら立てんでもええがね」

「うるさい。色々と事情があるがや」

茂兵衛は苛ついていた。弟から窘《たしな》められたことも面白くなかったが、それ以上に、自分の蒔《ま》いた種から育った真綿で、首を絞められているような錯覚に囚われ、腹立たしかったのだ。

「事情ってなんだら?」

こんな時に限って、丑松もやけに食い下がる。

「……それは」

松之助が茂兵衛の隠し子であることを知るのは、タキ夫婦以外には、仲介者である乙部八兵衛だけである。無論、丑松にも言えないことだ。

「松、こちらへおいで……遅いからもう寝ましょう」

気を利かせ、タキが松之助を呼んだ。

「はい」

素直な少年は、茂兵衛の膝を離れ、その場にちょこんと座り込むと、茂兵衛と丑松に平伏し、母親に連れられて部屋を出て行った。

舞良戸《まいらど》が閉まると、部屋には茂兵衛と丑松の兄弟が二人きり残された。

「……参ったなァ」

さすがに嘆息が漏れた。

「参るほどのことはねェだろ。ガキの頃は誰もあんな風さ。俺なんぞ、近所の娘っ子、五、六人はいずれ嫁にするつもりでおったがね」

「たァけ。おまんと一緒にするな」

「へへへ、兄ィは、村の娘どもに興味はなかったのか？」

丑松が身を乗り出し、ニヤニヤと兄の顔を覗きこんだ。

「俺はよォ……」

そう言って、丑松の両頬を摑み、左右に渾身の力を込めて引っ張った。

「イテテテテ」

「親父が死んでから、おまんら弟妹《きようだい》を食わすのに精一杯で、色気づく暇もなかったがね」

松之助の件での苛つきのすべてを、弟の頬っぺたで解消した。

三

天正《てんしよう》十四年（一五八六）五月十五日。秀吉の異父妹である旭姫が、徳川家康に嫁《か》するため、縁者の浅野長政《あさのながまさ》ら百五十人の供を引き連れて浜松にやってきた。旭姫は、天文《てんもん》十二年（一五四三）生まれの四十四歳。家康は、天文十一年生まれの四十五歳で、ともに再婚である。

家康は、浜松城から駿府城への移転、北条家、伊達家との連帯強化など対大坂強硬路線を維持したが、一方で新婦である旭には、丁重かつ紳士的に接した。当初は「事実上の人質」として、恐る恐る敵地浜松に入った旭も、家康の穏やかな笑顔に安堵し、落ち着きを取り戻したようだ。

ようだ——というのも、茂兵衛はこの前後の事情に疎い。

茂兵衛へ下った主命は「平八郎を婚儀の席に近づけるな」である。半月も前から綿密に策を弄し、婚儀が催される五月十五日前後に、引越し奉行として平八郎が駿府におらねばならぬよう――つまり、浜松にはいないように工作していたのだ。当然、茂兵衛自身も駿府に同道することになるから、婚儀の消息には疎い所以《ゆえん》だ。

「おまんは、本当に気が利かん」

大井川と安倍川のちょうど中間を流れる朝比奈川《あさひながわ》を西から東へと渡りながら、平八郎は茂兵衛に不満をぶつけた。

「殿様の御婚儀への御出席が、叶わなかったことでございまするか？」

「ほうだがや。ワシがおらんと殿様も張り合いがねェだろうによォ」

（あんたを婚儀に近づけるなと命じたのは、その殿様だがや）

と、心中で苦笑した。

「婚儀と言えばよォ。どこぞにええ男がおらんかなァ？」

「ええ男？」

「おうよ。於稲《おいね》の婿候補がどいつもこいつも気に食わん」

稲姫は、平八郎の長女で今年十四になる。子供の頃から茂兵衛によく懐《なつ》き、度々子守をしたものだ。今となっては、可愛い姪のように感じている。

「どうお気に召しませんか?」

「武辺は阿呆、賢者は軟弱と相場が決まっとる。どこぞに、賢い武辺者はおらんものかな」

(おいおいおい、一人おるがね)

ただ、真田源三郎の名を、ここで口にするのは憚《はばか》られた。丑松の話では、平八郎は、徳川に煮え湯を飲ませた真田を目の敵にしているらしい。

「勿論、側室は駄目だ。本妻でなきゃな。さらには、目元が涼やかで、色白で、心優しく、最低でも五万石の嫡男《ちゃくなん》で……ちと、欲張り過ぎかな?」

「ハハハ、なかなかおりませんでしょうな」

もし、徳川と大坂方が和睦となり、徳川と真田も和解する将来があれば、源三郎を稲姫の婿に推薦するのもいいかもしれない。

「ええいッ。この糞川、流れがキツイのう」

馬が川底の石に蹄《ひづめ》を滑らせ、危うく落馬しそうになった平八郎が毒づいた。

普段はほんの小川なのだが、今は水量が多い。天正十四年五月十五日は、新暦に直せば七月一日で、梅雨《つゆ》の影響がまだ残っているようだ。なにしろ今年は雨が多い。馬上で振り返って眺めれば、後方に続く荷駄隊も渡河に苦労している。

「弟から聞きましたが……」

茂兵衛は、己が馬を進めて、平八郎の馬の上流側に立ち、水流を和らげてやった。平八郎の馬もすぐに落ち着きを取り戻した。

「平八郎様は、今般の駿府城への移転を評価されておられるとか？」

「うん。悪くはねェよ」

平八郎は、対岸の河原へと上がり、馬の首を優しく叩きながら、茂兵衛の問いかけに答えた。

「秀吉と、手切れとなった場合には利いてくるだろうよ。西方に安倍川があるのもええ。背後に天竜川を背負った浜松城よりは余程ましだがや」

川の位置関係については、家康も語っていた。

「左様にございますね」

ただ、駿府城は所詮《しょせん》平城であり、池や湿地に守られてもいない。秀吉が率いる十万、二十万の軍勢に囲まれれば、頑張っても十日で落ちる。

「だから殿は、籠城戦は考えておられんはずよ。野戦《のいくさ》を考えておられるはずだ」

大筒が巨大化し、今や三十匁《もんめ》（約百十三グラム）筒は当たり前で、五十匁（約百八十八グラム）筒や百匁（約三百七十五グラム）筒が、城門を破壊する御時世だ。当節、駿府城ならずとも、籠城戦は間尺に合わない。

「この山を出丸に使うのもええなァ。上方勢は山越えに往生するぞ」

と、朝比奈川のすぐ東に聳《そび》える山塊を指さした。平八郎も茂兵衛と同じことを考えていたようで、そこは嬉しかった。

茂兵衛は——そしておそらくは平八郎も——本丸御殿内では物の役に立たない木偶《でく》の坊と化す。ただ、こうして野に出て、地形を読んだり、敵勢の展開する様を想像させたりすれば、長年の経験から相当な働きができるのだ。

（俺や平八郎様の居場所は、血腥《ちなまぐさ》く、殺伐とした戦場にこそあるんだろうなァ）

適材適所——そんな言葉が茂兵衛の脳裏を過《よぎ》っていた。


六月二十四日。数日来の豪雨続きで、東海道は泥濘《でいねい》と化していた。

駿府へ向かう荷駄隊は大いに難渋したが、実はこの雨が、徳川にさらなる僥《ぎよう》倖《こう》をもたらしたのだ。

木曾川《きそがわ》が大氾濫を起こしたのである。

洪水は、濃尾《のうび》平野を蹂躙《じゆうりん》し、七ヶ月前の巨大地震で疲弊した尾張国に止めを刺した。木曾川の流れが、このとき以降「大きく変わった」と言われるほどの大洪水であった。

浜松の家康の元には、秀吉から「民百姓のことを考えるべきだ。もう羽柴と徳川がいがみ合っている場合ではない」との手紙が来た。

それでも家康は、大坂に出向かなかった。

むしろ、甲府行きの準備を始めた。昨年の震災に続き、今年の水害——秀吉の東征が「ほぼ無理」と読み、本腰を入れて真田を潰しにかかろうというのだ。

信雄からは「天下のため、大坂で、関白殿下に御挨拶して欲しい」との文が幾度となく送られてきたが、家康は、彼の書状をすべて黙殺した。

（あれ？　殿様……これ、平八郎様が反対するから云々は関係ねェだろ。殿様ご自身に、大坂へ行くおつもりがねェんだわ）

茂兵衛はことの真相に気づき不安を募らせた。

初め、家康自身は対大坂宥和派だったはずだ。強硬派である平八郎や榊原の手前、大坂への伺候《しこう》を見合わせている——そんな構図だったと思う。それが、大地震、北条や伊達との協調、事実上の人質として旭を娶り、さらに今回の木曾川の大洪水——すべてが「家康有利、秀吉不利」に転んだ結果、家康に「欲」が芽生えたのではあるまいか。榊原は大坂との窓口として強硬な発言は控えているし、平八郎は駿府城への移転で四苦八苦し、浜松城にいることの方が少ない。家康の大坂行きに反対する勢力は、今や少数派のはずだ。なのに、家康は大坂へは行かずに、むしろ秀吉側の真田を叩く姿勢を見せ始めた。明らかに、家康自身が対大坂強硬派に宗旨替えしているのだ。

(間違いねェ。殿様は「欲をかいて」おられるんだわ。秀吉と戦をしようとまでは思ってねェだろうが、ここで粘れば、美濃《みの》一国か尾張半国ぐらいは秀吉からブン盗《ど》れるとでも思っていなさるんじゃねェかな?)

勝負師にあり勝ちな心理であろう。「ついてるときは、いけいけ」だ。

——で、美濃一国は来なかったが、別のお方がやって来た。

九月六日。遂に、秀吉の実母である大政所《おおまんどころ》が、はるばる岡崎へとやって来たのである。齢《よわい》七十一の老母だ。名目上は娘である旭の見舞いであったが、彼女も事実上の人質と見ていい。

(実の母と妹を人質に差し出す天下人か……形振《なりふ》り構わねェ感じだなァ。これでまた殿様が調子こいて、欲をかかなきゃええけど)

茂兵衛も呆れた。

ちなみに、この三日後、天正十四年（一五八六）九月九日に、秀吉は正親町《おおぎまち》天皇から「豊臣《とよとみ》」姓を下賜《かし》された。今後は、羽柴秀吉ではなく、豊臣秀吉と呼ぶことになる。

この大政所が岡崎に入ったことを受け、正信が一言「潮時にござろうな」と呟き、ようやく家康も、首を縦に振った。ここまで譲歩されても、意固地に動かなければ、家康は世間からその人間性を疑われかねない。

九月十五日。遂に家康は、大坂に出向く旨を秀吉に伝えた。で、それを聞いた秀吉は、すぐに動いた。

翌月の四日、大坂来訪を聞いた日から一月《ひとつき》も経たないうちに、家康は朝廷から権中納言《ごんのちゅうなごん》に叙されたのである。近衛の少将から特進の大抜擢《ばってき》であった。これは家康に対する配慮であると同時に、秀吉が朝廷すらも自在に操れることの示威行為の側面もあったやに思われる。

茂兵衛は、駿府城で荷を下ろし、身軽になった荷駄隊を率いて浜松城へと戻っていた。数日後には、また荷を積み、駿府に向けて発《た》たねばならない。

（まったくもう、きりがねェわ）

そもそもこの時代の運搬手段に、荷車は一切使われない。車輪を作る技術はあっても、往還の路面状況が劣悪で、雨になれば泥濘と化し、とても車は使えなかったのだ。運搬は、主に人力と駄馬に頼った。極めて効率が悪く、往復の回数ばかりが増える。

秋の陽が落ちると、疲労困憊した茂兵衛は、疲れた体を引き摺るようにして自邸に戻った。早めの夕餉《ゆうげ》を摂り、寝所へ入って早々に眠ることにした。しかし、体は綿のように疲れているのに、気ばかりが急《せ》いて眠れない。寝返りを六度打った頃、舞良戸の外で寿美が呼んだ。

「平八郎様がお見えですよ」

「はあ？」

ボウッとした頭で返事だけした。

「書院にお通ししました」

「うん、分かった。すぐに行く」

「ね、お前様？」

舞良戸の外から、妻の沈んだ声が続いた。

「ん？」

上体を引き起こしながら、板戸に向かって返事をした。

「なんだかね、平八郎様のお顔が変なのよ」

「毎度のことだがや」

茂兵衛の顔も鬼瓦だが、平八郎はそれに倍して恐ろしげな顔をしている。

「そうではなくて、こう、思い詰められたような、沈んだお顔で……」

「ま、ともかくお会いしてみるわ」

寝付けないままに起こされ、あまつさえ、訪れたのは不機嫌な平八郎だという。茂兵衛は、苛々と乱暴に布団を押しやった。

「寝とったのか？　すまんかったなァ」

平八郎は笑顔を見せたが、確かにその笑みが妙に硬い。

「この十六日、殿は大坂に発《た》たれる」

「はッ、伺っております」

「ついては茂兵衛、おまんに殿の護衛として大坂へ行ってもらいたい」

「はい。承知しました」

大した面倒事でもなさそうだ。大坂は遠いが、駿府と浜松を荷駄隊をどやしつけながら往復するのと大して変わらんだろう。茂兵衛は気楽な気持ちで頷いた。

表情の冴えない平八郎が言葉を継いだ。

「万が一に備え、ワシと万千代（井伊直政）は浜松に残る。その万が一の場合、秀吉のお袋と妹を焼き殺した後、三人の若君を駿府にお迎えし、大坂勢を迎え撃たねばならぬからな」

「はあ」

万が一の場合とは、家康が秀吉に謀殺された状況を指すらしい。

（物騒な話だのう）

ただ、平八郎なら考えそうなことだ。三人の若君とは、八歳の長松（後の秀忠）、七歳の福松丸（後の忠吉）、四歳の万千代丸（後の信吉）を指す。万千代丸だけは浜松にはおらず、穴山衆《あなやま》に守られて江尻城《えじりじよう》にいる。

「本来なら、ワシが蜻蛉切《とんぼきり》を抱いて護衛につくべきところだが、万が一の場合、殿に代わって全軍を指揮せねばならぬからな。ここはおまんに手柄を譲るわ。死んだ気になって殿をお守りしてくれや」

「命に代えましても……なんぞ大坂方に、疑わしい兆候でもございますのか？」

「ない」

決然と言い放った。

「だから、万が一と申しておる」

「御意ッ」

しばらく沈黙が流れた。

「あの……焼き殺すと仰せのようでしたが？」

「おう。秀吉のお袋と妹な？　岡崎の本多作左《さくざ》殿が、婆ァの宿舎の周囲に薪《まき》を積み、いつでも焼き殺せるよう準備しておられるから安心致せ。抜かりはねェ」

「な、なるほど……ま、薪をね」

またしても、沈黙が流れた。

「……ただ」

「ただ？」

ギョロリと怖い顔で睨まれた。

「焼き殺してしまうのは如何にも惜しい。折角の人質にござろう。駿府に連行した上で、秀吉との交渉の道具に使わんでどうします？」

「ほう、なるほど。その手もあるなァ」

「ですからくれぐれも、軽々に薪に火などお点《つ》けにならぬように……」

「うん、分かった。作左殿にその旨伝えておくわ。茂兵衛、おまん、頭を使うことを覚えたな、ワハハハ」

　平八郎の表情が徐々に明るくなっていく。

「秀吉の野郎、見とれ……焼き殺さねェ替わりに、お袋の指を毎日一本ずつ送り届けてやる。十日は楽しめるがね、ガハハハハ」

「そ、そ、それは痛快でしょうなァ、ハハハ」

　これでとりあえず、当面は哀れな婦人たちを焼き殺さずに済みそうだ。指の件は、ま、平八郎流の塩味の利いた冗談なのだろう——そう思うことにした。

四

　十月十六日。家康一行は浜松を発った。門前には、平八郎と井伊直政が完全武装の寄騎衆を率いて整列、主人を見送った。

　護衛は騎馬武者が五百騎ほどだ。重武装でこそないが、茂兵衛以下、一騎当千の猛者《もさ》や手練れが数多《あまた》、供廻に加わっている。一軍の指揮を執るのは、今や対大坂の交渉担当となった榊原康政だ。

　初日に泊まった吉田城も厳戒態勢にあった。城主の酒井父子は、甲冑を着込み、物々しく家康を出迎えた。

（おいおいおい、本気で喧嘩腰だなァ。もう少し和睦の雰囲気を醸し出した方が、ええような気もするが……俺が甘いのかなァ）

どこも茂兵衛の想像を超えた厳重な備えである。

二日目は岡崎城に泊まった。この城は、平城ながら乙川《おとがわ》の河岸段丘《かがんだんきゅう》上に築かれており、土塁の比高が五丈（約十五メートル）ほどもある。城の東側と南側を乙川が、西側を伊賀川《いがかわ》が流れ、さらに伊賀川の水を引き込んで二重の水堀としている。総じて、要害と言えた。唯一の弱点は北側なので、北に大手門を配し、広大な二の丸、馬出しを設《しつら》え、防御力を高めていた。

家康一行は、門前で城番を務める本多作左衛門の出迎えを受け、そのまま大手門を潜って二の丸へと馬を進めた。甲冑姿の作左が、家康の馬の轡《くつわ》をとって導く。二の丸には武家屋敷が立ち並んでいたが、中に一軒、ひと際壮麗な屋敷が見えてきた。

「あちらに大政所様が御逗留になっておられまする。殿、御挨拶などされてゆかれますか？」

轡をとる作左が、馬上の家康を見上げた。

「ええわ。宜しゅうゆうといてくれや」

「ははッ」

「そもそもおまん、建物の周りを薪で囲んどるそうではねェか……婆ァになんと挨拶する？　合わせる顔がねェわ」

「なんなら、止めまするが？」

家康は暫く黙って馬を進めたが、やがて——

「や、そのままでええわ」

と、作左の処置を是とした。

「ただし、ワシが本当に殺されても、婆ァは焼くなよ。女二人は生きたまま浜松か駿府へ送れ」

「御意ッ」

「ああ、それからなァ。大政所も旭も、平八郎には渡すな。同じ本多でも弥八郎に引き渡せ。奴なら上手く使うだろう」

「御意ッ」

確かに「指云々」と言っていた平八郎には託さない方がいい。弥八郎に引き渡す方がいい。弥八郎なら、家康が謀殺された非常時でも、冷静な判断が下せるはずだ。指も切り落とさないはずだ。

（でもよォ。薪を積んだって話は、いずれ秀吉の耳にも入る。なんで殿様ァ、天下人を怒らせるようなことを、わざわざしなさるんだ？　もう少し下手に出た方がよかねェか？　これじゃ、平八郎様とどっこいどっこいじゃねェか）

家康の真意は那辺《なへん》にあるのか、茂兵衛には見当すらつかなかった。

地震と水害の爪痕がまだまだ残る濃尾平野を斜めに横切り、大垣《おおがき》から山間《やまあい》の関《せき》ケ原《はら》を経て琵琶湖《びわこ》の畔《ほとり》へと出た。

茂兵衛がこの道を辿るのは今回で四度目だ。元亀《げんき》元年（一五七〇）に、姉川《あねがわ》戦《いくさ》に向かう折に通ったのが最初。二度目は天正十年（一五八二）、本能寺《ほんのうじ》の変《へん》の前に通った。三度目は天正十二年の暮れ、於義丸を護衛してこの道を辿った。

（最初の時は、真夏の行軍だったし、あの頃はまだ足軽でよォ、徒士《かち》だったから辛かったわ。二度目は、例の伊賀越えで死ぬ目に遭った。三度目の於義丸君はお労《いたわ》しかったし……この道ァ、験糞《げんくそ》が悪いなァ。通る度にろくなことがねェや）

ちなみに、姉川戦に先立つ朝倉《あさくら》攻めの際にも、徳川勢はこの道を辿ったが、残念ながら茂兵衛は参加していない。左馬之助に撃たれた肩の傷が癒えたばかりで、平八郎が曳馬《ひくま》城に居残らせたからだ。

そんなこんなで琵琶湖の東岸を南下し、京《きょう》を経て、大坂へと入った。天正十四年十月二十六日。家康一行は、大坂城下に到着した。

浜松から大坂までは六十七里（約二百七十キロ）ある。それを十日で踏破しているから、日に七里（約二十八キロ）を進んだ計算で、騎馬隊が中心であったことを考慮に入れても、かなりの強行軍と言えた。

もし秀吉が家康を謀殺するなら、なにも大坂城内で殺す必要はない。途中の尾張か近江《おうみ》のどこかで「謎の一隊」に襲わせ皆殺しにするだけで事は足りるのだ。家康もその辺を警戒して、騎馬武者を中心に護衛隊を編成し、サッと敵地を駆け抜けることにしたのだろう。

（そんなに相手が信用ならねェなら、和睦なんぞしなけりゃええんだわ……とも思わないじゃねェが、ま、そうもいかんのだろうなァ）

茂兵衛は、わだかまっていた疑問に、朧《おぼろ》げな回答を見出していた。

（殿様は、秀吉と戦をするつもりはねェ。そこまでは俺とも同意見だ。でも、それ以降が少し違ってくる。俺の場合、どうせ戦をしねェなら、笑顔で腰を屈めて、相手を怒らせねェようにすべきだと考える。でも、殿様は違った。御自分が大坂に行くと決めてからの方が強気になり、喧嘩腰になったんだわ）

そこに農民と武家との、交渉に対する思想の違いがあるのかも知れない。

（こちらが笑顔で一歩退けば、相手も笑顔となって悪《あ》しくはしねェ……そう考えるのが俺たち百姓だ）

だが、武家の考え方は違う。

笑顔はよいとしても、一歩退けば、相手は一歩前に出てくる。二歩退けば、二歩出てくるのが武家の交渉だ。だから和睦の笑顔を見せた後に、あえてこちらから前に押し出す——この一見矛盾して見える振る舞いが、武家の交渉の要諦である気がしてきた。

家康は、旭との婚姻を決心して以降、ここ数ヶ月で、北条との情誼《じょうぎ》を深め、伊達と誼を交わし、大政所の宿舎に薪を積むのを黙認し、麾下《きか》の各城に臨戦態勢を執らせた上で、敵地を高速で駆け抜けた。その上で秀吉との和平交渉に臨むという——これぞ武家流。これぞ家康流交渉術なのだ。

（多分、俺が甘いんだろうなァ）

百姓の交渉事といえば、近隣との田圃《たんぼ》の境界を巡る争いか、せいぜい隣の集落との水争いが関の山である。否も応もなく、今後も長く付き合う相手だから、少し遠慮して、互いに譲歩することが必要なのだ。一方、乱世における武家の交渉事は、食うか食われるかである。笑顔ばかりで遠慮していたら、先に食い殺されるのは自分の方だ。

(殺伐とはしとるが……ま、郷に入れば郷に従えとかゆうからなァ)

今後は茂兵衛にも、武家流で交渉せねばならない局面が訪れるだろう。その折は腹を括って前へ出よう。

五

秀吉からは、羽柴秀長《ひでなが》の屋敷が宿舎として宛がわれた。城の南側に開いた大手門のすぐ前に立つ広大な屋敷である。秀長《ひでなが》と秀吉は異父兄弟の間柄だ。一方、家康の妻の旭と秀長は、同父同腹の兄妹。家康から見れば秀長は義兄である。天文九年(一五四〇)の生まれというから、家康より二歳年長か。現在は、大和《やまと》などで百万石を食《は》む。官位は従二位権大納言《じゅにいごんだいなごん》の貴人である。ちなみに、兄の秀吉はすでに豊臣姓を名乗っているが、秀長は未だに羽柴姓のままだ。

「主人は、一昨日より体調を崩しましてな。中納言様に御挨拶できないことを、とても残念がっており申した」

と、家老の藤堂高虎《とうどうたかとら》と名乗る大男が、秀長が面会を遠慮する旨を伝えにきた。

勿論、中納言とは家康のことである。厳密には「権」中納言であるが――

（仮病じゃねェのか？　おそらく、秀長のお袋と妹を、薪を積んで焼き殺そうとしてるって、どこぞから耳に入ったんだ。殿様の面も見たかねェだろうよ）

その夜、家康の随行者には幾つかの命令が下された。飲酒の禁止。就寝時は交代で見張りをし、必ず誰かが目覚めていること。武器を抱えて眠ること。羽柴家で出された食物には手を付けず、持参した干飯《ほしいい》や乾物で飢えをしのぐこと。

敵地で宿泊する緊張感とは、蓋し、そういうものなのだ。

茂兵衛も大刀を抱えて目を瞑《つむ》り、仮眠をとろうとしていたが、ふと思い当たって目を見開いた。

（ほうだら……二年前も今頃だわ。「でなごん」「でなごん」喚《わめ》きながら、秀吉の野郎がやってきたんだわ、大いに胆を潰したが……おいおいおい、まさか野郎、今夜も来やしねェだろうなァ）

一旦そう思い始めると、不安が不安を呼んで心の中で増幅していく。

（や、来るぞ。秀吉みてェな野郎は、じっとしてられねェ性質《たち》なんだ。手前《てめ》ェの大物ぶりをひけらかしたくて仕方ないんだ。殿様に会いに、野郎、絶対ここへ来

るわ）

二年前は、城から四半里（約一キロ）離れた敵鉄砲隊の天幕を急襲した秀吉だ。ここは大手門のすぐ前だし、弟の屋敷だ。しかも会うのは、鉄砲大将などではない。正真正銘、現在天下で二番目に有力な戦国大名なのだ。

（野郎が、辛抱できるはずがねェわ。秀吉は、来る）

飛び上がると、家康の寝所へと走り込んだ。

家康も、二人の小姓とともに刀を抱いて仮眠をとっていた。茂兵衛は頭を下げた上で、人払いを求めた。

茂兵衛が二年前の秀吉との邂逅《かいこう》を伝えると、さすがに家康は目を剝いた。

「初めて聞いたぞ。おまん、なんで黙っとったか？」

家康は、茂兵衛の襟を両手で摑んで絞め上げ、小声でまくし立てた。

「それに、なんでその時、奴を刺し殺さなかった？　おまんなら容易《たやす》く出来たはずだがや」

激高した主人の唾が、茂兵衛の顔に容赦なくかかる。それほどまでに顔と顔の距離が近い。

「二年前に秀吉が死んでいれば、ワシもここまで苦労せんで済んだものを……使えん男だのう。この不忠者が！」

「しかし、あの折、もしそれがしが秀吉を刺していれば、大坂城に入っておられた於義丸君は必ずや殺されたでありましょう」

主従は、小声の早口でやり合った。

「ふん、父が天下を取れば、たとえ殺されても於義丸は本望であったろうよ」

「え？」

茂兵衛が真面目な顔になって目を覗きこむと、さすがの家康も視線を逸らした。

「や、た、たとえばの話だがや」

「はあ……」

家康が、茂兵衛の襟を絞める手が緩んだ。猛毒を吐いたことで、正気に戻ったようだ。

於義丸の無事を考えて秀吉を刺さなかったと茂兵衛は言ったが、このこと、嘘ではない。あの時、確かに於義丸の無事も考えに入れた。ただ、彼以外にも、自分やら、辰蔵やら、配下の足軽やら、広範囲な無事を考慮して、秀吉を殺せなかったのだ。家康が怒るので後半部分は割愛したが——

「二年前のことより、今夜だ。おまんはたァけだが、今回だけは正しい。秀吉は来る。今夜をどう凌ぐかだな」

「今度こそ、それがし、必ずや秀吉を仕留めまする」

もしここでそれをやれば、二年前と同様に家康を含めて皆殺しの目に遭うことは確実だったが、最前主人から「不忠者」と呼ばれてしまった。この時代、強烈な侮辱の言葉である。もうこれ以上、己が名を汚すのは御免だ。

「たァけ。ここは奴の弟の屋敷で……」

「ガハハハハ」

彼方《かなた》から、高笑いの声と、廊下を踏み鳴らす足音が近づいてきた。

「も、も、もう来たか……」

家康が呻いた。気色ばんで刀を引き寄せた茂兵衛を制し、隣室に潜んでいるよう顎をしゃくった。

「も、申し上げます。只今、関白殿下が……」

廊下で小姓が、秀吉の来訪を告げ終わるのを待たずに、障子がガラリと開き、小男が満面の笑みを覗かせた。

「よお、徳川殿！」

「これは、関白殿下！」

家康が上座を下り、慇懃《いんぎん》に平伏した。二人は、信長の生前からの顔見知りである。金《かね》ヶ崎《さき》の撤退戦などでは轡を並べて戦った仲だ。

茂兵衛は隣室の闇に潜み、襖《ふすま》を一寸（約三センチ）開いて、様子を窺った。

（秀吉の野郎、だいぶ貫録がついたな。一年前は大納言、今は関白様だからなァ）

秀吉は、二人の男を伴っていた。一人はまだ紅顔の少年、一人は初老の武士である。見違えたが、十三歳になった於義丸改め羽柴秀康と〝裏切者〟の石川数正ではないか。秀康は元服し、立派な若衆となっていたが、石川の顔には皺《しわ》が増え、鬢《びん》には白髪が見える。出奔は去年の暮れ、この一年の苦労が偲《しの》ばれた。

「徳川殿、ほれ於義丸と伯耆《ほうき》じゃ……懐かしかろう？」

「なかなか」

家康は俯《うつむ》いて首を振り、言葉を続けた。家康は関白の前に端座し、畏まっている。秀吉は立ったままだ。

「於義丸は、我が子なれど、すでに関白様に差し上げ申した。伯耆に至っては、何が不満なのか、主人を見捨てて出奔した不忠者にございます。懐かしくなど一切ござらん」

と、一気にまくしたてた後、平伏した。秀吉の傍らに控えた少年と老人が、ガックリと肩を落とすのを茂兵衛は見逃さなかった。

家康から「殺《や》れ」と声が掛かれば、即座に抜刀し、隣室に乱入せねばならない。刀の鯉口を切り、片膝を立てて満を持した。

「や、他でもねェ。今宵、ワシが来たのはそのことよ」

石川は秀康の父を見限り、大坂方へ寝返った裏切者だ。秀康は石川をとことん嫌い、口もきかぬし、目も合わせない。秀康と石川は、ともに大坂城で暮らしているから、周囲の者は気詰まりで堪らないというのだ。

「で、手前にどうせよと仰せにござるか？」

家康が秀吉に質した。

「貴公は、秀康の父御《てて》だし、伯耆の元主人じゃ。その立場から、一言二言『仲ようせえ』とゆうてもらえんかのう」

「雑作もないこと……秀康殿」

「ははッ」

「石川」

「はッ」

「仲ようせえ」

それだけを、家康は涼しい顔で事務的に言ってのけた。

（まったく殿様、愛想も糞もねェなァ）

襖の陰で茂兵衛は悶絶した。

石川は、黙って家康に平伏したが、秀康は納得しなかった。

「関白殿下に申し上げまする」

「なにか？」

「徳川を裏切った者が、豊臣だけは裏切らぬという道理がございましょうや？」

「おい伯耆、こうゆうとるぞ？」

と、関白が石川に話を振った。

「はてさて、若い方の申されることは、年寄りにはよう分かりませんわい」

と、石川が冷笑したものだから、秀康は収まらない。

「伯耆、貴様！」

と、目を剝き、片膝を突いて腰を浮かせた。

「これ！　喧嘩すな。徳川殿の前で恥ずかしい」

秀吉が慌てて窘めた。

（秀康様は、父親から疎んじられた哀れな若様だら。その父親を見限った不忠の臣を誰よりも憎むことが、秀康様なりの親孝行なのであろうよ。お労しいことだがや）

「ま、今夜のところはこれで帰るわ。詳しくは使いの者を寄越すが、明日は巳《み》の正刻（午前十時頃）までに表御殿に入って下され。ではのう」

と、帰りかけて「あ、そうだわ」と足を止めた。秀康と石川も足を止めたが、秀吉が「いけ」と手を振ったので、両名は会釈だけして退去した。

秀吉は、端座する家康の傍らに歩み寄り、腰を屈め、声を潜めて耳打ちした。

「もう一つだけ、お頼みしたいことがござる」

「はッ」

「表向き『関白だ』『豊臣だ』と威張っておるが、その実、大名どもはワシのことを『百姓あがり』『草履取《ぞうり》りあがり』と虚仮《こけ》にしておる。そこでだな……明日の会見で、ワシは徳川殿に、あえて尊大な態度をとるから、貴公、腹を立てずに、畏まっておってはくれまいか」

「ほうほう」

「海道一の、否、今や日本一の弓取りと称賛される貴公が、慇懃《いんぎん》に振る舞ってくれれば、阿呆の大名どもも『あの徳川様までが畏まっておられる』と、ワシに一目置くようになってくれると思うのだわ」

「ほうほう」

（あんたこそ、梟《ふくろう》か）

襖の陰で茂兵衛は突っ込みを入れた。

「どうだろうか……小芝居に付き合うてくれたら、後々悪《のちのちあ》しゅうはせんが」

「お安い御用にござる。小芝居にお付き合い致しましょう」

「ほうかい。よかった――おい、こら！」

体を起こした秀吉が、こちらを見た。

「植田茂兵衛！」

（あれま……気づかれとったか、ま、襖が開いとるからな。でも、どうして俺だと分かったんだ？）

などと考えながら襖を開き、改めて平伏した。

「二年ぶりだのう。まんざら知らぬ仲でもなし、挨拶ぐらいせえや」

「ははッ」

「ワレも百姓の出と聞く。ワシの辛さもちったァ分かるだろうよ？」

どう答えてよいのか分からず、只管《ひたすら》畳に額を擦り付けた。

「では、徳川殿、明日は頼むぞ。おい茂兵衛、また会おうで」

それだけを言い残し、小男は風のように立ち去った。

「く、食えねェお方だわ」

平伏する茂兵衛の頭の上で、家康が長い嘆息を漏らした。

「御意ッ」

体が震えて顔を上げられず、平伏したまま茂兵衛が応えた。

六

天正十四年（一五八六）十月二十七日。家康は、秀吉に謁見するため、茂兵衛を含めた、わずかな供廻のみを連れて大手門を潜った。天正期の大坂城は、巨大な天守を頂く本丸と、その南に突き出た二の丸というか、巨大な出曲輪《でぐるわ》のような施設で構成されていた。この出曲輪の中に表御殿があり、謁見や評定などの公的な事務や行事がここで執行された。

供廻すべてが表御殿内に入れるわけではなく、家康は榊原一人を連れ、御殿の奥へと消えていった。残された随行者は、待機部屋すら与えられずにその辺で暇を潰して待つのだ。これは徳川に限らず、どこの大名家でも同じ扱いらしい。側近たちは、家康の背中を見送りながら涙ぐんでいる。万に一つ、殺されるかも知れないと心配しているのだ。ただ、事情に通じている茂兵衛には余裕があった。

（昨夜の小芝居をやらせる限りは、今日明日は殺さねェだろう。もし本気で秀吉が殿様を殺す気なら、怖いのは帰り道だわな）

と、そんなことを考えながら出曲輪の中を一人散策した。大きな城であった。北東部の隅に五層六階の大天守閣が聳えている。高さは十三丈（約三十九メートル）ほどもある。ただ——

（天守は立派だが、肝心の櫓《やぐら》の数が少ねェ。天守はねェが、櫓が滅法多い上田城と正反対の築城思想だな）

上田合戦で、攻める徳川勢は、上田城の櫓に手こずったものだ。それに、細々とした帯曲輪《おびぐるわ》や腰曲輪《こしぐるわ》が矢鱈《やたら》と多く、いざ籠城戦となったとき、城兵の機動的運用を難しくしそうだ。

(デカいから、しばらくは持つだろうが、決して堅城とは言い難いわな)

総じて、茂兵衛の印象はあまり芳しくなく——

「お頭《かしら》……」

物陰から声が掛かった。

「よお金吾《きんご》！　金吾じゃねェか！　見違えたぞ」

小栗《おぐり》金吾は、鉄砲隊時代の配下である。足軽あがりの鉄砲小頭だが、極めて有能だった。射撃の腕も滅法いい。二年前から羽柴秀康の小姓として大坂に住んでいる。小柄、童顔、色白、やや肥満体。見てくれ的には、若干迫力や威厳に欠ける。本人もそれを分かっているらしく、今は口髭《くちひげ》を蓄えていた。

「よう似合っとる」

「ほ、本当ですか？」

「嘘なもんか。立派な髭を生やした赤ん坊に見えるがね」

「そ、そら酷いな、ハハハ」

金吾と連れ立って歩きながら、大坂城や豊臣家のことについて話を聞いた。

「豊臣家はなかなかかえぇですぜ。農民や足軽あがりがゴマンとおるから、俺も妙な目で見られることはねェです。大体……」

ここで金吾は声を潜め、顔を寄せた。

「総大将からして百姓あがりですしね。あ、すみません。太閤殿下のことです」

「俺に気を遣わんでもええ。続けろ」

「ただ正直、徳川のように団結して最後まで戦う感じはしねェ。誰も手前《てめ》ェのことしか考えてねェから、一旦崩れると意外に脆いと思いますわ」

「ほうかい」

金吾の話は止まらなかった。事実上の人質の側近として敵地に暮らす彼は、いつも気を張っておらねばならず、気楽に喋る機会など滅多にないはずで、喋ることに飢えているのだろう。金吾は、大坂に来てみて初めて、織田や豊臣の武士たちの、徳川に対する複雑な思いに気づいたという。

「三河衆は、得体の知れない山奥の獣みたいに思われてます。料簡《りようけん》が狭く、世間を知らず、僻《ひが》みっぽい田舎者のくせに、戦になると滅茶苦茶に強い。俺は一度『三河衆は死ぬのが怖くねェのか』と真面目な顔で訊かれたことがございます」

「どう、答えた？」

「普通に怖いと答えました」

「そらそうだら。俺も怖いがね」

これは半分嘘である。去年の閏《うるう》八月に死ぬ寸前まで行ったが、その瞬間は、あまり痛くも怖くもなく、存外、平常心でいられたものだった。ただ、これは曰く言い難い感覚なので、若い金吾に上手く説明する自信がなかった。

「俺、思うんですわ。三河衆は『田舎者のくせに強い』っていうけど、そうじゃなくて『田舎者だから強い』のではねェのかってね」

田舎暮らしは一人では難しい。農家でも山仕事でも、集落の仲間と力を合わせて、初めて暮らしが立つ。なにせ相手は自然だから、人一人の力では太刀打ちできないのだ。その点、町場や、古くから開けた土地に育つと、長年の間に自然が馴《じゅん》致《ち》されているから、案外一人でも暮らしが立つものだ。人は、独立独歩の気風が強まり、滅私奉公の犠牲的精神を持ち難い。その辺に、三河衆が尾張や近江の兵より強い秘密はありそうだ。

表御殿の方が騒がしい。動きがあったようだ。茂兵衛は戻ることにした。

「金吾、元気で暮らせ。またいつか同じ側で戦おうや」

手を振って金吾と別れた。

やはり家康は無事に戻ってきていた。随伴した榊原は、秀吉の態度が横柄かつ無礼であったと憤慨していたが、それは小芝居の内だ。すべて上手くいったようである。後は、また六十七里（約二百七十キロ）を走って、無事に国境の境川を渡ることだ。

「天正十年が懐かしゅうござるな。帰途は伊賀を越えて帰るのも一興かと」

などと提案する者もいるにはいたが、「たァけ。遊山ではねェわ」と家康に一喝され、往路と同じ道を戻ることになった。

家康は油断していない。大坂城を出て、どんなに急いでも、三河領内に入るまで七日や八日はかかるのだ。襲撃される恐れはまだある。

「ええか、浜松城の大手門を潜るまでが旅だと思え。見通しの悪い場所は、馬の脚を速めて一気に駆け抜けよ、気を抜くな」

と、京へ向けて、只管《ひたすら》馬を急がせた。

大坂城を出て一里（約四キロ）も来ない辺りで、京街道は左右に蛇行し始めた。「関目《せきめ》の七曲《まが》り」とか呼ばれる場所だ。自然、馬の脚は遅くなる。左手は暗い林、右手には刈り入れの済んだ田圃が広がっている。

「おい、鉄砲で狙い撃つなら格好の場所だがや。左の木立に人影はねェか？」

榊原が注意を喚起し、十名ほどの騎馬武者が家康の左側面に馬を寄せ、弾避けとなった。

茂兵衛は、右前方の畔《あぜ》に一人の農民が端座し、家康に向かい平伏しているのに気づいた。礼儀正しく叩頭している割には菅笠《すげがさ》を脱いでいない。年寄りだが、肩幅があり、背筋が伸び、どことなく百姓らしくない。榊原ら護衛の衆は、左手の木立に気を向けている。家康は甲冑を着けていない。謀殺するなら鉄砲を使わずとも、匕首《あいくち》一本あれば用が足りる。

(野郎、そうはさせねェ)

茂兵衛は、左腰の大刀を引き付け、鐙《あぶみ》を蹴って家康の馬の右に並んだ。

「な、なんだら?」

自分でも左手の木立に注意を払っていた家康が、急に右から馬を寄せて来た茂兵衛に驚き、振り向いた。

「いえ」

とは答えたが、茂兵衛の殺気だった視線の先を家康も見た。

百姓がゆっくり顔を上げる。茂兵衛は、左手親指で大刀の鯉口を切った。

「あ……」

家康と茂兵衛が、低く同時に呻いた。菅笠の下――見覚えのある顔だ。

「ほ、伯耆……」

家康が声を押し殺した。菅笠の下で、百姓の顔がクシャッと潰れた。路傍の百姓は小さく肩を震わせながら、また平伏した。その間、ほんの一瞬のことだ。馬の列は瞬く間《またたくま》に百姓の前を駆け抜けた。

たまらず家康が、両手で顔を覆った。

「ワシは……か、家臣に恵まれとる」

と、振り絞るような声で呟いた。

「い、如何されました？」

榊原が主人の異変に気づき、声をかけてきた。

「な、なんでもねェわ」

怒ったような声で返し、直垂《ひたたれ》の袖で涙を拭った。

「ただな……日頃からおまんらが、ちゃんとやってくれとるから、ワシは偉そうに、殿様でおられるのだなァと、つくづく思ったがや」

「はあ、左様で」

「それだけだわ」

「あ、左様で……」

榊原は困惑して、家康の傍を離れた。

振り向いた家康と目が合った。茂兵衛は弾かれたように正面を向き、背筋を伸ばし、表情を消した。

「こら茂兵衛……」

「はッ」

と、呼ばれて再度馬を寄せた。

「おまん、ゆうなよ。このこと、平八にも弥八郎にもゆうな。女房にもゆうな」

「はッ……あの、なにを?」

と、頭を下げた。

「まったく、おまんは……たァけが」

ブツブツと言いながら、家康が袖で目を拭った。

「あんの……」

「なんだら!」

「誰にも……申しませんので」

と、茂兵衛も声を潜めた。

しばらく間があって家康は応えた。

「うん……頼むわ」

天下第二の実力者が照れたように微笑んだ。

「ははッ」

と、頭を下げつつ茂兵衛は後方を窺った。田圃の畔道に、菅笠の百姓の姿はもうなかった。

終章　大改革

天正《てんしょう》十四年（一五八六）十二月四日。家康は、浜松城《はままつじょう》から駿府城《すんぷじょう》へと本拠地を移し、休む間もなく大仕事に着手した。大坂《おおさか》から戻って以降、本多正信と幾度も密議を重ねていたので、一旦走り出せば事は速かった。

新装なった駿府城の大広間《たまり》に、物頭《ものがしら》以上の侍衆、二百人以上が集められた。平八郎や茂兵衛らの浜松組は勿論、大久保忠世、平岩親吉らの奉行代官衆も任地から馳せ参じ、顔を揃えている。ここまで大人数を集めての評定も珍しい。

「尋常のことではねェ。なんぞとんでもねェことが、殿から表明されると見た」

「殿様がいよいよ、秀吉との開戦の肚を固められたに相違ねェ」

「皆を集め、天下を争う大戦への陣触れをされるのだと思うわ」

と、誰もが興奮し、いきり立つ中、太刀持ちを従えて家康が姿を現した。

一座がシンと静まった。咳《しわぶき》ひとつ聞こえない。二百人が、一人の男の発言を待った。

「ええっと……あのォ……皆の衆、大儀」

一斉に頭《こうべ》を垂れる。二百人分の裃《かみしも》が同時に擦れ、ひと際大きな音となった。

家康はしばらく黙っていたが、やがて低く、重く——

「伯耆《ほうき》の裏切りにより、我が軍制はすべて、敵の知るところとなった。今のままでは大坂方とは戦えん……戦えんのよ」

煽情的な「伯耆の裏切り」「敵」「大坂とは戦えぬ」の三語で一同は色めき立ったが、家康は両手を振って皆の激高を宥《なだ》めた。一座が静まると、今度は声を潜めて話し始めた。

「天下が定まってみろ、ワシがどんなに這《は》い蹲《つくば》っても、秀吉は真っ先に目障りな徳川を潰しにくるがね」

天下を取るまでは、一番目は二番目の協力を求めるが、取ってしまえば、一番目にとって二番目は「排除すべき危険な競争者」と化す——そう家康は説いた。

「然り！　異議なし！」

「伯耆に死を！」

「殺《や》られる前に殺《や》るのよ！」

一座のあちこちから、威勢のいい賛同の声が上がった。

「天下が定まるまで、あと一年か二年、あるいは半年……それまでに、ワシがどこまで大きくなっているか、秀吉が潰し難いと思うほどに強くなっておられるのか否か……これは、時との勝負になるわな」

ここは当節、家康の現状認識——ま、本音であろう。

「ただ、大きくなると申しても、惣無事令の御時世下である。他国に侵攻して領地を広げるわけにはいかねェ」

となれば、軍の質的な向上を図るしか「潰せぬほどに強くなる」道はない。

「伯耆に知られておる軍制など、綺麗に捨ててしまおう。……ええか、ワシは永禄年間以来の三備《さんぞなえ》を大きく改めると決めた」

（なるほど、石川様の裏切りを口実にしての軍制改革か……これでは反論もできんわな。殿様、相変わらず悪どいねェ）

茂兵衛は、三間続きの次之間の下座に座っている。徳川家内での序列はこんなものだ。

「で、どこを、どう変えまするか？」

最前列に頑張る平八郎が質《ただ》した。

「具体的にはだな――」

永禄九年（一五六六）以来の軍制である三備を廃止し、代わって「武田流の軍制である大番」を採用する。大番とは――蓋《けだ》し「備《そなえ》」である。「備」とはつまり、一つの戦闘を単独で遂行し、完結し得る戦術単位を指す。

「騎馬武者が百五十騎。鉄砲足軽が二百五十挺。弓足軽が百張。長柄が五百人で、都合千名を擁する大番を、新たに六組創設する」

一同が騒《ざわ》めいた。想像より大規模な改革となることに、ようやく気づいたらしい。

「千人はちいと多くはねェですか？」

「非常時やからな。言わば戦時編成や。戦の心配がねェ時なら、大番はせいぜい一組百人で十分だがね」

平八郎の問いかけに答えた家康がさらに続けた。

「彼らを駿府に常駐させ、ワシが直接に率い、素早く動けるようにしたい」

そして各大番には、戦闘員の他にも荷駄隊、旗指《はたさし》、使番などを付属させ、家康の親族か譜代衆を大番頭に据える。

「それを六組？　大番衆だけでも六千人、荷駄を加えれば一万を超えましょう」

やはり最前列の大久保忠世が、指を折って数えながら、団栗眼《どんぐりまなこ》を剝《む》いた。

「そこよ、七郎右衛門……ワシが頭を痛めておるのは、正にそこよ」

「はあ」

「浜松から連れて来た旗本だけでは、どうにも足りん。そこで、おまんら奉行や代官衆の手勢の中から、少しずつ融通して貰えると助かるのだが、どうだ？」

「無論、我が手勢はすべて殿よりお借りしたものにござれば……で、如何ほど？」

「少なくとも、四百」

「四百⁉」

「や、五百じゃ」

「ご、五百⁉」

忠世の手勢は二千が精々である。四分の一は大きい。

「七郎右衛門、断るのか？」

家康は、凶悪な眼差しで忠世を睨みつけた。

「め、滅相な」

「では、融通してくれるのだな？」

「は、ははッ」

と、忠世が渋々平伏した。

（ハハハ、大久保党の拡充もいったん頓挫だがね。殿様直属の大番か……こりゃ、徳川は強くなるぞ）

茂兵衛は膝の上で拳を握りしめた。

永禄年間。三河《みかわ》一向一揆での国衆《くにしゅう》たちの離反を目の当たりにして、家康は三河における自分の立場が「同等中の筆頭者」に過ぎないことを実感した。己が手駒となる直属部隊の増強がどうしても必要だ。二十年前の彼は、やはり軍制改革に着手し、苦労して「三備」を成立させた。

まず三備のうちの一隊、旗本先手役《はたもとさきてやく》の将兵を浜松城下に住まわせた。采地での農場経営から切り離すことで彼らを職業軍人化させ、家康自らが率いることで、全軍の三分の一からの将兵を直隷下に置くことができたのだ。徳川軍の中央集権化は大きく前に進んだ。

しかし、天正年間に徳川の領地は五ヶ国にまで広域化した。一括統治は物理的に難しい。家康は、統治能力の高い旗本先手役の侍大将たちを、各占領地の城主や奉行として赴任させざるを得なくなったのだ。大久保忠世、平岩親吉、大須賀康高、鳥居元忠たちである。

浜松に置いてこそ忠誠心抜群の彼らだったが、任地に赴くと、大なり小なり、地元国衆や家康からつけられた寄騎衆の家臣化を進めるようになった。つまり彼らは、任地での小大名化、地方政権化を志向し始めたのだ。これでは「中世的な家子郎党《いえのころうとう》による軍制」に逆戻りしてしまう。彼らから手駒を徴収し、駿府に集め、家康の直隷部隊を強化することが軍制改革の究極の目標である。

それにしても——だ。

家康ほど忠義の家臣に恵まれた大名は少ない。現に先日は、石川数正の赤心に触れ、涙した家康である。茂兵衛の見る限り、あの涙は芝居などではない。

ただ同時に、彼ほど家臣たちとの綱引きに苦労した大名も稀《まれ》だ。そもそも、父の広忠《ひろただ》と祖父の清康《きよやす》を家臣に殺されている。倅《せがれ》の信康に切腹を命じたのは自分だが、あれも事実上、家臣団の意向に沿わざるを得ない苦渋の選択だったのだ。祖父、父、子を殺された家康が、家臣に無垢な信頼を寄せるはずがないではないか。

「人とは難しいものよ。忠義の侍も恐怖と欲で俄《にわか》に豹変する。その一方で、奴らを信じ、任せなければ事は成らねェ。や、本当に人は難しい」

大広間での評定が終わり、夕陽が差し込む一人きりの書院で、激しく爪を嚙《か》みながら、家康は肥えた肩を揺すって笑った。

年が改まっても、軍制改革は続いていた。徳川は、より精強な軍隊に進化すべく激しく胎動していた。

だが茂兵衛には、差し当たってやることがない。家康と正信はいつも、こそこそと密談しており、茂兵衛には声もかけてくれない。欠伸《あくび》を噛み殺しながら広縁に座っているだけの、極めて退屈な日々だ。

夕方、家に帰ると、早々に食事を済ませ、後は綾乃を膝に抱きながら、寿美のお喋りを聞いて過ごす。

（もう、暇だのう……）

戸石城《といしじよう》で虜囚《りよしゆう》生活を送って以降、真田源三郎、乙部八兵衛、大久保忠世から助言された「戦士の休息」とは、こういう生活を意味するのだろうか。

（だとしたらよォ。もう十分に休んだから、ちったァ働かせて欲しいもんだら）

それも、出来れば現場がいい。頭より、体力と気力で凌げる仕事がしたい。

（ああ、硝煙の匂いが懐かしいなァ。俺、戦場が好きなんだろうなァ）

「火蓋《ひぶた》を切れッ」

カチカチカチ、カチカチ。

左馬之助の号令一下、五十挺の鉄砲の火蓋が前に押し出された。これで引鉄《ひきがね》さえ引けば発砲となる。

二町（約二百十八メートル）彼方《かなた》、敵の騎馬隊が迫る。

ドドドドドドドド。

一町半（約百六十四メートル）、一町——どんどん迫る。

「まだまだ。まだ撃つなァ」

左馬之助は冷静だ。筆頭寄騎の言葉を、各小頭《こがしら》たちが次々に復唱していく。

地響きがさらに近づく。半町（約五十五メートル）にまで来た。敵騎馬武者が被る面頬《めんぽお》の奥の目が、今やハッキリと見える——頃合いだ。

「放てッ」

ドンドンドン、ドンドンドンドンドン。

轟音がとどろき、鉄砲隊は白煙に包まれた。

半町先で十数頭の馬が土煙を上げて打ち倒され、倒れた馬に後続の馬が突っ込んで阿鼻叫喚《あびきようかん》。人と馬が縺《もつ》れ合い、団子となって蠢《うごめ》いている。

鉄砲足軽たちが、拳を振り上げ、狂ったように歓声と雄叫びを上げた。

「たァけ。喜んどる前に、次弾を込めんかァ!」

辰蔵が足軽たちをどやしつけた。

「ああ……いいなァ」

「なあに?」

膝の綾乃に、独り言を聞かれたようだ。円《つぶ》らな瞳で下から見上げている。

「なんでもねェよ。こうして家族三人でおられるのが、一番の幸せだなァって、つくづく思ってなァ」

綾乃と寿美は嬉しそうな顔をしたが、これも六割方は嘘である。今、茂兵衛は戦場のことを考えていたのだから。一つ間違えば命を落とす。それ以上に、手足を失い、生涯を不自由に暮らす方が茂兵衛には辛い。そんな危険がありながらも、猛烈に戦場に惹かれた。

(戦場《あそこ》には人を……もとい男を、や、それも言い過ぎだ。妙な性癖の男を魅了して止まねェ何かがあるんだわなァ)

「申し上げます」

障子の陰に、巨体の富士之介が控えた。

「なんら?」

「本多正信様が、玄関にお見えにございまする」

「す、すぐ行く」

と、慌てて綾乃を下ろし、褥《しとね》から立ち上がった。

「え？　百挺？　鉄砲を百挺にございまするか？」

百挺の鉄砲と言えば、五万石の大名の軍役に等しい。通常の鉄砲隊は、二十五挺が精々だ。二十五挺でも戦場においては、大変な戦力となる。それを百挺とは規格外れの鉄砲隊である。寄騎や支援の槍足軽隊を含めれば、二百人からの大所帯になるだろう。さらに、それを自分が率いるとは、まさに青天の霹靂《へきれき》だ。

「間違いはねェよ。百挺だわ。殿様が自ら仰ったんだ」

正信が笑顔で返した。

「これも軍制改革の目玉でな」

正信は笑顔で言葉を続けた。以前「現場に戻りたい」と彼に直訴したことがある。その回答がこういう形で戻ってきた。有難い。茂兵衛は心中で軍師に両手を合わせた。

「幾つか鉄砲百人組を作る。すべて殿様の直属だ。主たる役目は本陣の防衛だが、機を見て殿様が、ここという場所に投入され、一気に戦況を変えたい。ま、戦場における鑿《のみ》か錐《きり》の役目を期待されると思えばええ。その鉄砲百人組の一つをおまんが率いるのだ」

「あ、有難う存じまする。植田茂兵衛、死ぬ気で相努めまする」

と、畳に額を擦りつけた。

「で、寄騎だが……今回は率いる総人数が多い。寄騎も、筆頭寄騎以下、七名は要るだら。新たに作られる組だから、どこぞから引っ張ってこねばならねェが、人材にあてでもあるか？」

「に、二名ございまする！」

茂兵衛は身を乗り出した。鉄砲百人組など、おそらくは本邦初の試みだろう。新たな挑戦をするなら、どうしても「あの二人」には傍にいて支えて欲しい。

「ただ、その二人は現在、七郎右衛門（大久保忠世）様の麾下《きか》におりますので、軽々に引っ張ってはこれないかも」

「や、むしろそれは好都合かも知れんぞ」

弥八郎が声を潜めた。

「今般の軍制改革はな……各地の奉行衆、代官衆の手駒を引き抜いて、殿の直属にするのが眼目よ。七郎右衛門様はワシにとって恩人だが、ここは心を鬼にしてさ、ドンと引き抜いてきてええ。最終的には殿様が是とされよう」

「はあはあ」

茂兵衛には、よく分からなかったが、それでも横山左馬之助と木戸辰蔵を引っ張ってきてもいいというのだから、これは助かる。

「あ、それから、二の次のことだが……おまんも、鉄砲百挺、寄騎七名の頭《かしら》になるのだ。今後は物頭《ものがしら》ではねェぞ。番頭《ばんがしら》だ。侍大将だ。そのつもりでな」

「番頭……侍大将……」

思えば随分と高みまで昇ってきたものだ。目が眩みそうだ。

侍大将植田茂兵衛は、百挺の鉄砲と二百名の配下、頼れる寄騎たちを率い、次なる戦いに向け、勇躍歩き出そうとしていた。

本作品は、書き下ろしです。
協力：アップルシード・エージェンシー

双葉文庫

い-56-10

三河雑兵心得《みかわぞうひようこころえ》

馬廻役仁義《うままわりやくじんぎ》

2022年11月13日　第1刷発行
2022年12月21日　第3刷発行

【著者】
井原忠政《いはらただまさ》

【発行者】
箕浦克史
【発行所】
株式会社双葉社
〒162-8540 東京都新宿区東五軒町3番28号
［電話］03-5261-4818(営業部)　03-5261-4833(編集部)
www.futabasha.co.jp(双葉社の書籍・コミックが買えます)
【印刷所】
中央精版印刷株式会社
【製本所】
中央精版印刷株式会社

【フォーマット・デザイン】
日下潤一

ISBN978-4-575-67135-3 C0193
Printed in Japan

朝井まかて 残り者

長編時代小説

大奥、最後のとき。なにゆえ五人の女中は、御殿にとどまったのか!? 激動の幕末を生きぬいた女たちの物語。

池波正太郎 元禄一刀流

時代小説短編集〈初文庫化〉

相戦うことになった道場仲間、一学と孫太夫の運命を描く表題作など、文庫未収録作品七編を収録。細谷正充編。

池波正太郎 熊田十兵衛の仇討ち人情編

時代小説短編集

将来を誓い合い、契りを結んだ男は死んだ夫の仇だった? 女心の機微を描いた『熊五郎の顔』など五編の傑作短編時代小説を収録。

池波正太郎 熊田十兵衛の仇討ち本懐編

時代小説短編集

仇討ちの旅に出た熊田十兵衛だが、宿願を果たせぬまま眼を病んでしまう……。表題作ほか珠玉の短編時代小説を六編収録。

岡田秀文 関ヶ原

長編歴史小説

天下分け目の戦として世に名高い関ヶ原の合戦を、寧々の視点を交えて描いた意欲作。「新しい関ヶ原」の誕生!

海道龍一朗 悪忍《あくにん》〈新装版〉加藤段蔵無頼伝Ⅰ

長編戦国ピカレスク・ロマン

乱世を駆け抜けた伝説の忍者がいた! その名は加藤段蔵。伊賀・甲賀を挑発し、加賀一向衆の首領を罠にかけ、上杉謙信を誑かす。

海道龍一朗 修羅〈上・下〉加藤段蔵無頼伝Ⅱ

長編戦国ピカレスク・ロマン

武田晴信と長尾景虎が対峙した川中島の戦い。その陰で悪名高い一人の漢が暗躍していた。伝説の忍者加藤段蔵を描く痛快シリーズ第2弾!